赤いペチュニア

万延　言美
MAN'EN Kotomi

文芸社

月曜日。いつも通りに私は三号館の階段をのぼる。

窓の外に目をやると、青空とキャンパスの新緑が見える。

二階にあがり、ゼミの教室に向かう。教室に近づくと、わいわいと学生たちの声。

「お疲れさまでーす」

と私は言いながら、ロの字に机が並ぶ教室に入る。

ゼミ用の小教室。互いに向かい合う部屋。大学によくある教室。

「衝羽根《つくばね》先生、お疲れさまでーす」

とゼミ生たちからの返事。

いつもの面々が十名ほど、まるで夏になりそうな装いで座っている。

「いやあ、世間は今日、祝日なのに、大学は大変だ」

と私が声をかけると、ある女子学生が不満と冗談を交えて、

「そうですよ。私、家族に旅行誘われたけど、自分だけ行けませんでした。妹は高校が休みだし、親も仕事休みですから。昨日の晩、家でひとりでした」

「そっか。残念だったなあ」

「大学、ひどいですよお。家族は温泉入って、ご馳走食べてるのに、私はカップラーメンですから」

他のみんなは笑っている。ある男子学生が返す。

「カップラーメン、いいじゃん。俺、大好き」

「そういう問題じゃない」

と女子学生は笑いながらも、本気の顔。私はなぐさめようと、

「まあねえ。ふだんはその代わり、平日に授業を取ってない日があったりするでしょ。そういう意味で、世間より楽だと思うよ」

「それもそうですけど」

彼女はなぐさめられた感じがしない表情だ。

こんな会話を和気あいあいとしながら、やがて本題に入る。

この大学のゼミは二年生の後半から始まり、卒業するまで二年半続く。そもそもゼミとは──。大学では時間割りを個々人が組み立てる。高校までのように固定「クラス」は、ない。しかしゼミだけは例外。同じ面子の空間が二年半続く。教員もずっと固定される。

その二年半で教員の専門分野のもと、自分の卒業論文のテーマを決め、論文を作成する。担任と共にじっくりと、クラスメートの刺激を受けながら、一つの作品をつくる。

このゼミの専門は社会学。少し具体的には「人生における選択と岐路」がテーマ。あらゆる選択と岐路が研究対象。日々の買い物、時間の使い方、人との会話など。日常の小さなものから、人生を左右する大きなものまで幅広い。就職、結婚、転職など、なんでも含む。

今日は、各自が文献を読んできて、意見を出し合う日だ。

あるゼミ生が選んだ論文は「子を持つ、持たない」という選択に関して。概要を説明し、自分の見解を発表する。なかなか興味深い報告だ。

学生たちは真剣。普段は考えないが、いつか重要になること。みな活発な意見を交わす。

「自分は仕事と両立して、いいタイミングで子どもを持ちたい。でもいいタイミングって、いつ？」

「パートナーの意向もあるから、自分だけで単純に決められない。もしかしたら、子どもって予期できないもので、できたらできたでなんとかする、それがむしろ一般的？」

「欲しくても、体の問題で、持てない人もいる。自分だってそうかもしれない」

いいテーマだった。


ゼミが終わり、私は古びた棟の自分の研究室に戻る。ひとりになり、ほっとする瞬間。

妻と娘――小夜《さよ》と若葉《わかば》の写真が、机上の小さな写真立てに飾られている。生後一か月、お宮参りのときの写真。

しっかりした日差しの中、大学の隣の古い神社で参拝した。小夜は日傘を差し、白いおくるみに包まれた若葉を抱っこしながら、まぶしそうな目をしている。

「子を持つ、持たない、か……。考えさせられるテーマだな」

思わず写真の中の二人に話しかける。

「生まれて、もう三年経ったんだね」

若葉は、結婚してすぐに持った子ではなかった。互いの仕事の忙しさが落ち着くまで、妊娠を延ばした。二人が落ち着いてきた頃、満を持して迎えた、待望の妊娠だった。

——約四年前の秋、教室で。

妊娠が発覚し、ゼミ生たちに「実は、うちの妻が……」と伝えた。もしかしたら急に休講することがあるかもしれないと思い、前もって理由を伝えておこうとしただけだった。

だが、ゼミ生たちの反応は思ったより大きかった。

「おめでとうございます」

「うわー、いいなー」

こんなにざわめき立つとは思っていなかった。時に学生たちは読めない言動をする。

「男の子、女の子、どっちですか?」

ある男子が勢いよくたずねた。

「まだ性別はわからないよ」

私は苦笑い。ある女子が、

「こんなに早くわかるわけないじゃん、そんなことも知らないの?」

和気あいあいとした、うちのゼミのこの雰囲気が、私はたまらなく好きだ。メンバーが入れ替わっても、雰囲気はずっと変わらない。

——あの頃のゼミ生たちは、もう卒業して社会人。元気にしているだろうか。

研究室の窓の外を見る。ぼんやりと空想にふけりながら、青い空を眺める。

＊

当時。四年前の教授会の日。

今日はどんな仕事を振られるのだろう、派手なのが来なければいいな、と考えながら、会議室に行き、席に着いた。

教授会が始まった。毎度のことながら、目を通すべき資料が多い。

厄介なのは資料だけではない。大学の先生方は大抵、話が長い。

要点だけ簡潔に述べるタイプはまれだ。多くの人が、ありがたいほど御丁寧に、周りを何重にも固めた説明をする。……まあ、でなければ一コマ九十分の講義は務められない。「この職業の人は、いったん話を始めたら、九十分ぐらい平気で説明する」という気構えが、聞き手には必要だ。

先生方は個性的。いつもながら感心。その人らしさがにじみ出た発言をする。

経済的効率性で考える人、人生の発達で考える人、世の流れに目が行く人、家庭生活に目が行く人、文化に視野を広げる人、戦略的に稼ぐことに貪欲な人。

きっと発言するときだけでなく、ふだんの言葉遣いや行動選択の一つ一つが積み重なり、その人らしさを醸し出しているのだろう。

資料をあくせく読んでいると、教授会は進んでいった。

「教授会」――そこには、私のような専任講師も参加する。――専任講師とは、大学教授の二ランク下だ。

文系の場合、大学院を修了する頃、まず「非常勤講師」になる。時間給で、一か所ではとても生計を立てられない。複数の授業や大学を掛け持ちする。一日のうちに、あっちに行ったりこっちに行ったりする。単年度の契約なので、先行きは不透明。

運よくどこかで常勤として雇用されると、「専任講師」になる。するとようやくサラリーマンになり、安定した収入を得ることができる。その代わり、授業以外の業務が容赦なく課せられる。実働の大半は若手に押し付けられるため、専任講師になって多忙を極める人は多い。

続いて、昇進すれば「准教授」になる。理系の中には、ある特定の教授の下に一人の准教授がいて、その二人が師弟関係にある場所もあるが、文系はそうではない。文系の教員は独立している。年月が経ち、それ相応の研究・教育実績を積み重ねれば、学内審査を経て、准教授から「教授」に昇進する。

学内の業務分担という点では、教授がチーフとなり、准教授と専任講師が実働する。

こうした事実でわかるように、教授会は「教授」だけでは成立しない。雑多な業務を、誰がやるか、どこまでやるか、を決める場だ。つまり、実働部隊としての専任講師や准教授がいなければ、話が進まない。

――ふう、教授会が終わった。さて、何人かの先生方に声をかけておこう。

妻が妊娠したこと、子どもが生まれることを、前もって知ってもらおう。そうすれば、何かといいだろう。急に教授会を欠席するかもしれない。業務に参加できないことがあるかもしれない。

先般、ゼミ生に伝えたときは思った以上の反響だったが、先生方はどんな反応だろうか。

まず、すぐ近くにいる上松《うえまつ》教授に声をかける。

計量経済学が専門で、五十代後半の男性。口髭がよく似合う。いつもネクタイなしのジャケット姿。論理的で、経済的効率性を常に求める。奥さんはいるが子どもはいない。

上松先生は口髭を触りながら、こう聞き直した。

「衝羽根先生、今度お子さんを持たれるのですか？」

「はい」

と私が答えると、上松先生は冷静に分析を始めた。

「子どもを持つことの意味は、長期的投資です。子育てと言いますが、あれは、親にとっては、時間とお金の投資です。長い間かけて投資をし、いつか成果を受け取る。私はそれを選択しませんでした。だが、人によってはその選択が最適です。浪費にならないよう、効率よくやってください」

……いきなり分析とは上松先生らしい。凡人にこの雰囲気は出せない。いつも感心し、敬服させられる。

次に、野三杉《のみすぎ》准教授が通りかかった。発達心理学の専門。四十代、中堅どころの男性。地味なチノパン姿。眼鏡も地味。明るく社交的で、共同研究を好み、学会発表のためによく出かける。出先で、全国に散らばる旧友と飲み交わすのが楽しみらしい。

お子さんは、園児の男子が一人。野三杉先生は溺愛中で、お子さんの話がよく出る。でも「嫁さんからは、よく小言を言われるんですよ」とのこと。

野三杉先生は、私が妻の妊娠のことを伝えると、

「よかったですねぇ、衝羽根さん。子どもがいると楽しいですよ。発達段階が目の前で理解できますから。できることも、興味を持つものも、変化していく。一歳と二歳は違うし、二歳と三歳は違う。ほんと、発達するって、見ていて興味深いです。子どもが人生の充実度を高めてくれる、とは、僕の先輩が言った言葉だけど、まさに言い得て妙ですよ」

野三杉先生は自分の幸福を他者にも共有させようと振る舞うタイプ。こちらも気を遣わなくてよいので、話しやすいが。

次は、すっと席を立ったばかりの、柊《ひいらぎ》先生に声をかける。政策科学が専門で、私と同年代、三十代の女性。入職も私と同年度で、同じく専任講師。

マスコミに出たがる志向を持ち、知性の漂う所作を見せる。品性のある顔立ち。白いシャツに淡色のタイトスカート姿。独身で子どもはいない。

柊先生は、私が挨拶すると、冷然とこう言い放った。

「子はすぐ大きくなります。子を持つことで自分のスタイルを変えないのが、スマート。それが世の流れじゃないですか？」

いいや、かっこいい。達観した言葉の似合う人だ。期待を裏切らない反応だった。


会議室に残っている先生は残りわずか。

二人で立ち話をしている栗林《くりばやし》先生と、榎藪《えのきやぶ》先生に声をかけた。

栗林教授は家族社会学が専門の女性、榎藪准教授は文化人類学が専門の男性。どちらも小太りで、似たような体格。年齢は十歳ほど違うが、同じ高校出身で、先輩後輩として話が合うらしく、よく二人で話している。

栗林先生には、お子さんが五人いる。旦那さんを尻に敷いている様子が、言葉の端々ににじみ出る。体型を隠すかのような、濃いめの色のふんわりしたスカート。

「あら、衝羽根さん、おめでとう。これからいろいろ、やることあるわよ。奥さん、労わってあげなきゃね。がんばって家事やってよ。これから奥さん、強くなるわよ。覚悟した方がいいわよ」

まるでお母さんから諭されたようだ。

しかし、五人もよく育てている。人数だけで尊敬に値する。——女の子が欲しかったのに、最初の二人が男だった。待望の三人目を妊娠したと思ったら、双子の女子だった。一気に子ども四人になり、男と女が半々になった。念願が叶ったが、そこでやめず、もう一人産んだ。末っ子は女の子で、最終的に、二男三女で落ち着いた、らしい。

もう一人の榎藪先生は、四十代、未婚。腰が低い。仕事が丁寧で、教員からも学生からも評判がいい。真面目で研究熱心。

ご本人は、小太りで汗っかき、足が短いことなどを、自虐的に口にする。ご自身なりに独身であることを引け目に感じている。

「衝羽根先生、それはそれは、おめでとうございます。新しい命の誕生、祝福申し上げます。奥様のお体、大事にされてください。もしお仕事が大変でしたら、振ってください。私にできることでしたら、やりますので。困ったときはお互い様です」

汗をかきながら言ってくださった。感謝します。ご迷惑でない程度に、仕事を制限することになると思います。

最後に、この部屋にはもういないが、学部長にも挨拶しておかねばならない。私は会議室を後にし、彼の研究室に向かった。

学部長である八重柏《やえがし》教授は、すでに自分の研究室に戻っていた。八重柏先生は経営学者、六十代前半の男性。いつもスーツにネクタイ姿。ロマンスグレーの髪で、上背がある。

離婚と再婚を経験し、今は三人目の奥さんと暮らす。

研究資金を集めるのが好き。企業経営者をゲスト講師として授業に呼びたがる。

「いいねえ、衝羽根くん。子どもはどんどん増やすといいよ。俺なんか二人の元妻との間に、子どもが五人もいるよ。子どもは養育費かかるからねえ。おかげさんで、どうやって金稼ぐか、副業をたくさん考えた。いい刺激になった」

と、にこにこしながら話す。

一緒に暮らしていないが、今でもたまにはお子さんたちに会うらしい。

「子どもはカミさんと揉める原因だった。子どもは一緒に暮らさず、金だけ出して、たまに食事するぐらいが、俺には丁度いいよ。だけど、子どもはいいね。持てるものは持っておいた方がいい」

と、悪びれずに語る。まあ、いろいろな親子がいるものだ。


やっと大学を出られる。正門を出ると、すぐ隣に神社がある。この街の商店街の、北の端に当たる。

そこに立ち寄り、鳥居の横に自転車を停める。少し歩き、奥の本殿へ。

無事に、妻が出産を終え、赤ちゃんが生まれてきますように。手を合わせる。

気分が落ち着く。

*

翌日、秋晴れの休日。空が高い。

洗濯をした。

最近、これまでしなかった家事をするようになった。妻がつわりで、思うように家のことができない。私は不慣れでぎこちないが、どれを一緒に洗濯してはいけない、どれはネットに入れるなど、妻に教わりながら、だんだんわかってきた。

――妊娠が発覚した日に、妻が言った。

「気持ち悪くて、動けない。最近、しゃがみたくなることが多い」

妻はこれまで見せたことのない表情をした。生気のない顔というのか。体力のあることが自慢だった妻が、こんな顔をするとは。よほどのことに違いない。

「お願い。洗濯、やって」

と、妻は気持ち悪そうに、私に頼んできた。洗濯をこんなふうに任されるのは、あの日が初めてだった。

「ああ、いいよ。俺がやるよ」

当然すぐに返事をした。

それより以前は、私はたまに洗濯物をベランダから取り込むぐらいのもので、妻にやってもらってばかりだった。

――だが、今は気持ちのいい作業だ。今日もそうだが、それ以来、私は進んで洗濯をするようになった。

ベランダに出ると、青空が気持ちいい。物干し竿に洗濯物を干しながら、あれこれ想像する。——子どもが生まれたら、洗濯物が増えるんだろうな。タオルや手拭いをたくさん洗うのか。赤ちゃんの服って、どんなのだろう……。

未知の生活。知らないことが山ほどある。

「さよー、今日は洗濯物、もうこれだけでいいかなー？」

と妻に、少し大きな声でたずねた。奥の座敷にいた妻が、

「いいよー、ありがとー」

と答えた。

そうこうしていると、いつも録画している有料チャンネルの音楽番組の時間になった。私は録画を確認するため、急いでテレビの前に走った。好きなバンドが出る日だったので、録画は逃せない。——よかった、大丈夫だった。録画は無事に始まっている。

寝る前にでも、缶ビールを飲みながら、ゆっくり観よう。

＊

その三日後。今日も晴れ。雲が高い。

大学からの帰路、自転車で走る。

妊娠前なら、自分の研究室に残って雑務をしたり、研究を進めたりした。だが最近は、大学を早めに出るようにしている。妻がいつも六時頃に帰宅するので、可能な限り、私もその頃までに帰宅する。

帰り道、川沿いの遊歩道を自転車で走った。――いつも帰る道。

大学を出ると、横目に神社を見ながら、昔ながらの商店街を通過する。その後、橋を渡って川沿いを通り、住宅街を走り抜ける。小高い山の脇に家が並ぶ、その一つの我が家に着く。十五分ほどの、ちょうどいいサイクリング。

これまで以上に、自転車から見上げる空がきれいだ。薄く青色に澄み、そこに夕焼けが映える。待望の赤ちゃんが生まれてくると思うと、目に入る景色まで美しい。息を吸うだけで気分がいい。

家に着き「ただいまー」と言うと、「お帰りー」と、妻が声を返した。妻は仕事から帰ったばかりだった。今日は私が夕食をつくると、朝のうちに決めてあった。

「早めに帰れたよ。さよ、体の調子はどう?」

「うん、ちょっと疲れたけど、大丈夫」

「すぐ夕食にするから。さよは、休んでね」

「……あまり食欲ないのよ。お腹は、減ってるはずなんだけど」

「あっ、これ、買っておいたよ」

と、ペペロンチーノのパスタソースを見せた。妻がこれまでよく、好んで買ってきた商品だ。

「……それは、今、だめだな」

意外な返事。本当に受け付けなさそうな顔。

「え、そうなんだ。じゃあ、どうしよう」

「さっぱりしたものが、いいな」

「うーん……」

考え込んでいると、妻が言った。

「そうめん、ないかな?」

私はすぐに探したが、残念ながら、そうめんはない。

「ないよ。そうめんがいいの?」

それなら食べられると思う、ということで、近くのスーパーに買いに行くことにした。私ひとりで歩いて行った。いや、小走りで行った。なるべく早く、彼女のもとに戻ってあげたいと思った。

薄暗い道を歩きながら、充実感を抱く。お腹に子どもがいる妻のために、仕事を終えた解放感の中で、彼女の希望するものを買いに、秋の空気を感じつつ小走りする。

これは最高の夫であり、父親の姿じゃないか。

私は、料理も、妊娠してから、かなりするようになった。前からたまにはやっていたけれど、妻に任せることが圧倒的に多かった。やろうと思えば、できるもんだ。妻が喜んでくれれば、私は料理だって洗濯だってできる。

そうめんを食した妻に、私は話しかけた。

「今日は、食べたいものの好みがつかめなかったよ。ごめんごめん」

「いや、私、自分でもわからないのよ」

と、妻は慰めてくれる。

「でも、面白いね。妊娠して、こんなに明らかに変わるんだね」

「ほんとね。好き嫌いなんて、私、何もなかったのに」

妻は少し悔しそう。でも、この現状を楽しんでいるようにも見える。自分の体の変化が、体験したことのなかったものであることを、いい経験だと捉え、この時期ならではの経験と、前向きに捉える。この前向きな性格はありがたい。妻の、変わらぬところだ。

食事後は、ゆっくり休んだ。就寝前にマッサージをしてあげた。うつ伏せになった背中や腰を撫で、揉み解すと、

「ああー、そこそこ」

と言いながら、まさに極楽という声で、ゆっくり反応した。

「押してもらうと、体の芯が痛いのがわかるのよ。芯が」

と言う。

私と妻の二人の子なのに、今は妻だけが、こうして体の負担を請け負う。感謝と、申し訳な

さが、入り混じる。できる限りの労いをしたい。掌に、背中や腰の疲労が伝わる。

「ねえ、あさ」

と妻がゆっくり、眠そうに、私の名を呼んだ。

「何？」

「あさは、赤ちゃん生まれてからも、家のことやってくれる？」

「え、なんで？」

「変わらず、やってくれるのかなあと思って」

「ああ、やるよ。慣れてきた。意外と、できるもんだね」

「助かる、よろしくね」

「任せてよ。今まで、さよにやってもらってたけど、これからは俺もするから、安心して」

「うん、安心する……」

と言いながら、うとうととした様子で、間もなく寝てしまった。

しっかりと妻が寝入った後、私は明日の準備のため、リビングのテーブルに戻った。

自分の手を見ると、今まで見たことのない荒れ具合だった。特に、利き手の左手の指先が、ぼろぼろ。皮が剥がれ落ちていた。「なんだこれ」と、つぶやく。「ちゃんと、ハンドクリーム、塗らなきゃまずいな」

これまでハンドクリームなんて塗ったことがなかったが、その必要性を感じた。でも持っていない。小夜のクリームも、どれが何なのか、区別がつかない。まあ、明日聞いてみよう。

ノートパソコンに向かい、缶ビールを開ける。イヤホンを耳に入れ、好きなバンドの曲をインターネットの有料動画で入手。しばらく聴く。すっきりした気分になって、この日のメールへの返信や、翌日の準備に取り掛かった。

＊

次の週、台風が来た。びゅうびゅうと風が吹いた。横殴りの雨が、激しく降った。

その翌日は、嘘のように、からっと晴れた。秋らしい天気。

台風の後はいつも、妻と「昨日の天気が信じられないね」と話す。

「台風一過って言うからね、気持ちいい」

と妻は窓の外の空を見て、機嫌よく言った。

「あーっ、こんなに風で飛ばされたよ」

と私は窓を開け、身を乗り出す。

ベランダに並べられてあった植木鉢の草花が、ごそっと倒れているのを見つけ、嘆く。土が鉢からこぼれ出ている。妻も思わず嘆く。

「うわ、すごいね。あーあ、ペチュニアの鉢、きれいに咲いてたのに、倒れちゃった」

「いいよ、俺やっておくよ。さよは休んでなよ」

と言うと、私は外に出て、ベランダの掃除を始める。

元通りになるのに半日かかった。もともと妻が育てていた花なので、私は細部を把握していなかった。

「鉢には土をどれぐらい入れればいい？」「どこに置けばいい？」など、確認しながらの作業だった。

元に戻ったベランダの姿を見て、妻は優しく喜んでくれた。つわりで、しかめた表情の多い最近だが、こうしてまぶしそうに目を細めて喜ぶ姿は、たまらなく愛おしい。


その夕方、私の親から電話が来た。たまに家庭菜園の野菜を送ってくれる。

「ナス、送るね。秋ナス、おいしいよ。でもナスは体冷やすって言うよ、妊婦さんは冷やすといけないから、さよさんは、ほどほどにね。菊の花、珍しいでしょ。柿もあるよ。今年はたくさんなってるよ。お父さんが枝切りバサミで、手を伸ばして切った。柿も送るよ」

まくし立てるように、母は言った。昔からよくしゃべる人だ。

「ああ、ありがとう」

「手が荒れたって？　ハンドクリーム、使うといいよ」

しばらく母はたわいもない話をした。とにかく体調に気をつけるように、という主旨は伝わった。

＊

数日後、十五夜の夕方、私のいとこの蓮人《れんと》と妻の優季《ゆき》さんが家に来た。

ススキと団子を、リビングに飾り終えたところだった。窓のそばに、カーテンを開け放って、外が見えるように飾った。

「お、ちゃんと飾ってるんだ。偉いね」

蓮人はさっそく十五夜飾りを見つけ、感心した。

「まあ、いちおう毎年やってるんだよ」

「へえ、偉いね」

「さ、さ、座って、どうぞ」

と、蓮人と優季さんに座るよう、うながした。

「はい、これ」

と蓮人は袋を差し出した。中を覗くと、紫色のぶどう。甘くて瑞々しい香りがする。

この後みんなで食事をした。ぶどうも摘まんだ。

「おいしい～」

妻はぶどうが大好物。

蓮人と私は、缶ビールを飲んだ。秋のパッケージで、いかにも紅葉という色使い。

「明日は何かあるの？」

と蓮人が缶ビールをごくりと飲んで、私にたずねた。

「明日は、日曜だけど、あるんだよ」

「あっそう、授業？」

「いや、学会発表がね。日帰りだけど」

「ああ、毎年泊まりで行ってるやつか」

「今年は宿泊しない。学会自体は、今日からやってるけど。俺は明日だけ」

妻の妊娠のことで、今年は家を空ける時間をなるべく短くする。

——こうしてたまに、蓮人か私のどちらかの家で、四人で会食をする。ふだんは四人ともお酒を飲むのだが、妻は今、お腹の赤ちゃんのため、飲まない。優季さんも遠慮して、この晩は飲まなかった。

別れ間際に、蓮人が「写真、撮ってあげるよ」と提案してきた。私と妻の、二人きりの写真。

「これから、二人だけの写真なんて、少なくなるよ。ほら、いい顔して」

蓮人はそう言いながら、強引に私たちに、写真用の顔をさせた。

「はい、チーズっ」

十五夜らしく、ススキを背景にした写真になった。二人ともいい笑顔。

この日も楽しく別れた。

＊

年に一度、私は学会発表をしている。

大学院生の頃から入会している学会。毎年同じ大学で開催される。事務局がその大学の先生方に任されているためだ。その大学は、日帰りで行ける場所にあるが、例年は初日から参加し、その夜の懇親会にも参加したため、宿泊していた。

今年はもちろん、自分の発表の時間だけで、すぐに帰宅する。

私のこれまでの研究テーマは、「思春期における選択と岐路」。特に大学生を対象にしてきた。毎年この学会で、私は、学生に実施した調査の結果を報告する。

今回のテーマは「就職先の選択基準」だ。学生は目標とする企業を決める際、いかにして基準を選択していくか。

もちろん人それぞれだが、基準として今回は、世間の評判、ブランド、親の価値観など、いわゆる社会的な基準（他者の判断）に焦点を当てた。学生たちは、これら社会的基準に、いかに自分の意向を合わせていくのか。インタビュー調査の結果を報告した。

例年通りに、発表を終えた。いくつか質問をいただいたが、無難に対応した。

今日は日帰り。それはそれで充実している。他の人の発表を聞くよりも、早く家に帰りたい。

――帰宅して、妻に学会のことをあれやこれや話した。

食事、入浴など一通りのことを終え、妻にうつ伏せになってもらった。背中と腰をマッサージした。今日も凝っている。私の掌に、妻の一日の苦労が伝わってくる。揉み解していると、妻は意外なことを口にした。

「今日ね、散歩してたら、どこかの家で舞茸の炊き込みご飯をつくってたみたいでね」

「ああ、いいねえ。そういえばこの秋、まだ食べてないね」

二人とも舞茸とギンナンを入れた炊き込みご飯は好物だ。明日つくろうか、と言おうとしたとき、妻は言った。

「気持ち悪くなったの」

「え？」

「なんか、『おえっ』て気分になって」

妻はあっけらかんと、笑みを浮かべて言った。

「さよ、舞茸ご飯の匂い、駄目になったの？」

「そう、意外なのよ」

「……いやあ、変わるもんだね」

「だから、今年は、食べなくていいや」

棒で頭を叩かれたようだった。あんなに好きだったのに。私は食べたいのに。子どもができるとなると、こんなに変わるものなのだろうか。私はなるべく悟られないように反応した。

「いいよ、いいよ。大したことないよ」

気を取り直したように言うと、妻は付け加えて、

「たぶん他のものもだめだと思う。ギンナンとか秋鮭とか。今年は食べなくていいや」

――秋の味、二人で毎年楽しみにしていた品々だ。私は、

「俺もいいよ、今年は」

気持ちを振り絞って、言った。

あんなに好きだったのに。私は食べたいのに。そんな気持ちを感づかれないように努めた。

マッサージを続けた。

＊

冬になり、妻のお腹は、形がわかるようになった。着込んだための着太りとは違う、いかにも妊婦さんらしいシルエットになった。つわりも治まった。

今日は二人とも休日。妻の勤務する職場も、私の大学も、お休み。

二人で近所を散歩した。

手袋の上から手をつないだ。付き合い始めの頃から、よく手をつないでいろいろな場所を歩いてきた。今日は、私の勤務する大学まで、歩くことにした。はあ、と吐く息が、白くなった。

主治医に「妊娠後期は、よく歩いた方がいい」と推奨されたため、妻は、暇さえあれば歩いている。

途中でどこかに寄ったりしながら、よく歩いた。

大学までの途中、商店街に、和菓子屋がある。そこに立ち寄る。色とりどりの和菓子が並ぶ。

和菓子は洋菓子より油っぽくなく、匂いもあっさりしているからか、妻が最近好む。自分から食べたいと、ときどき言う。

雪のうさぎを模した白い饅頭を、二つ買った。目が赤く、うさぎの形をしており、中には白小豆の粒餡が詰まっている。

お菓子の入った紙袋を持ったまま川沿いまで歩き、腰かけられる場所を見つけた。風の冷たい日だとこうもいかないが、今日は落ち着いた日だ。そこに腰かけて、雪のうさぎを口に入れる。

「ひんやりしてる。あまーい」

と妻は目を大きくして言う。私は、

「硬いような柔らかいような、うーん、絶妙な食感だね。美味しい」

と感想。

お腹と気持ちを軽く満たし、そのまま大学まで歩く。

神社を横目に通り過ぎると、大学の正門。

キャンパス内は、休日でも学生たちが集っている。サークルや部活の練習をしている。門を入ってすぐのスペースで、剣道部が稽古をしている。えいやー、と叫びながら、竹刀を振っている。裸足。

少し進むと、一号館前のスペースでは、二人組がボケとツッコミの練習をしている。おいっ、と、勢いよくツッコんでいる。他にも五組ほど練習している。お笑いサークルだろう。「今のはこうした方がいい」とか、「こうしたらどうだ」とか、互いに確認し合っている。

妻は、

「久しぶりに大学に来ると、自分が学生だったときのこと、思い出すね」

と言いながら、楽しげに、でも、自分は違うステージに進む身だと噛みしめるかのように、学生たちを眺めていた。


研究室に着き、少し休むことにした。妻が、机上の写真を見つけて、嬉しそうに言った。

「あれ、この写真、もう飾ってるんだ」

先日撮ったばかりの、十五夜の写真。自宅リビングで、ススキを背にして、カメラの方を向き二人とも笑顔。

上半身までの写真なので、このときの妻のお腹の大きさはわからない。おそらく今ほどではなかったろう。ちょっと前のことなのに、もう思い出せない。

妻の体を冷やさないようにするため、遅くならないうちに、大学を出ることにした。


帰り道、信号待ちをしていると、赤ちゃんを乗せたベビーカーを押す三十代ぐらいの男性が横に止まった。妻は、ベビーカーの中の赤ちゃんを覗き込んだ。私の方を向き、小さな声でささやく。

「寝てる、かわいい」

私は覗き込むほどではないが、軽く目をやる。確かに寝ているようだった。

信号が青に変わり、その男性は先を歩いて行った。買い物袋をベビーカーに引っ掛けていた。大根の葉が頭を出していた。

「あさも、あんなふうに赤ちゃんとお出かけするのかな。想像できないね」

と、妻は甘えるように言った。私をからかって、笑っているようだった。

「お出かけ、するでしょ」

と私は自信ありげに答えた。

「買い物とか、赤ちゃんと、行ってきてくれるのかな」

「行くよ」

妻は、うふふと、含むように笑みを浮かべた。口元に笑みを含ませて、唇を尖らせるようにし、細い目をする。私の好きな表情だ。

＊

五月になり、出産の日を迎えた。

分娩室に入ると、あまり時間がかからず、娘は出てきた。私も立ち会った。立ち会い出産は、私も妻も希望したことだった。

昨日まで、妻を大事にすることが、そのまま赤ちゃんを大事にすることだった。しかし、いざ生まれてみると、それぞれが労りの対象だ。

無事に生まれてよかったというのは、我が子がこの世に出てきたのもそうだが、妻が何事もなく笑っていることが、とても貴重な事実だった。これまで通り、妻は、しゃべり、元気に笑っている。心からの安心。

誰にも見られなかっただろうが、涙がじんわり目に浮かぶ。無事でよかった。

娘を抱っこした。軽くて、小さい。ほやほやで、しわしわだ。温かい。赤ちゃんだけあって、たしかに赤っぽい……、かな。

着替えなど、妻子の荷物を家に取りに行くため、外に出る。なんせ、陣痛の間隔が迫ってきて、急いで自宅を飛び出してきた。これから数日間、泊まるための荷物を取ってくる。これは私の役目。

午後の空が青い。道端の木々が、新緑。もうすぐ夏を迎えるに相応しく、今日は力強い暑さだ。

＊

三日後、私の親が来た。

小さな産婦人科医院なので、大きな声は、隣や廊下に響く。

「あー、あー、こんにちはー、こんにちはー」

母は大きな声で、娘を抱っこして、しきりに話しかけた。

「ちょっと、ちょっと、声が大きいよ」

私はなだめる。

「ああ、ごめんごめん」

「言っといたでしょ。大きい声は出さないようにって」

「だって、ねー。こんにちは、だもん、ねー」

と言いながら、また、娘の方に話しかける。

私は呆れて、妻を見ると、にこにこしている。

「二人とも元気で、よかった」

と父が、笑顔で妻に話しかける。

「そうですね、よかったです」

と妻はゆっくり返す。

「思ったより時間がかからなくて、なんだか、こんなあっさり生まれちゃっていいのか、と思ったぐらいで」

「ああ、そりゃ、楽な方がいいよ」

父は笑みを浮かべて、明るく話す。

母が携帯で写真を撮り始めた。ピカッと光った。

「ちょっと、何してんの」

私は母を手で制して、言った。

「ごめん、光っちゃったね」

「フラッシュなんかしたら、びっくりするでしょ。まだ生まれたばっかりなんだから」

「そうだね、ごめんね」

「写真撮るなら言ってよ。片手で抱っこして、落としたらどうすんの。俺が撮ってあげるから、貸して」

と言い、携帯を引き取った。フラッシュなしの写真は、簡単に撮れる。

「ちょっとタバコ吸ってくる」

と父は部屋を出ようとした。すかさず私は言葉を投げかけ、

「お父さん、子どものいる場所では、タバコ吸わないでね」

「ああ、わかった」

父は軽々答えた。副流煙のこと、ほんとはこの子のためだけでなく、母への迷惑も考えてほしいんだけど。

＊

数日後、妻と娘は退院。

「若葉」という名にした。二人で考えて、妊娠中に決めてあった。

若葉と妻が、家に戻ってきた。若葉はこの家を見るのが初めて。いや、お腹の中にいたので、この家のことは知っているか。

若葉が生まれて、家の中ががらりと変わった。私と妻の日常が変わった。変わらなかったものもあるが、多くが変わった。

ふにゃーふにゃーと泣く声が響き渡るようになった。生まれてすぐって、こんなに細い声でしか泣けないのか。もっと、うるさく泣くものかと思っていた。

若葉が寝ているときは、静かにしなければいけないので、テレビを点けなくなった。有料チャンネルのバンドの番組も、まとめて観られる時間が少なくなったので、録画の本数を減らした。

足音に気を遣うようになった。しーんと静まり返っている時間が、この家の大半を占めるようになった。

その他の時間は、若葉が泣いているか、ご機嫌のいいとき。ご機嫌がいいときは、話しかけたり、抱っこして室内をうろうろしたりする。若葉が起きているときは、ほぼ抱っこ。

若葉中心に、私も妻も過ごすようになった。

――今日は、私が若葉をお風呂に入れる。明るいうち、午前中に入れる。

ベビーバスを使う。縦五十センチ、横四十センチ、深さ二十センチ。プラスチック製のお風呂。赤ちゃん用具店で、事前に購入した。

洗面所のシンクにベビーバスを置く。蛇口からぬるめのお湯を入れ、七割ほどまで張る。若葉を両手で持ち、ゆっくりと浸す。若葉は落ち着いた表情になり、手足を楽にする。気持ちよさそう。

ゆったり風呂に浸かったら、体を拭き、すぐにオムツを着ける。一番小さいサイズなのに、まだまだオムツが大きい。か弱く足をばたばたさせている。

すぐに白い産着を着せる。前開きの、二か所をひもで結ぶ。繻袢のような構造。ふわふわで肌に優しそうな綿の生地。

その上に、赤ちゃん用の服を着せる。――今日は、白地に、青い水玉のつなぎ。最近暖かくなったので、これだけで大丈夫。

なんとか、終わった。ふーっ。

あとは抱っこして、揺らしながらリビングをふらふら歩く。寝るか、もう少し起きているか、ご機嫌を探る。

隣の部屋から妻が来て、若葉を覗く。

「わかちゃん、ご機嫌だね」

そう言った妻も、機嫌よさそう。暖かい日差しがリビングに入る。

――オムツを替えるのは、妻か私か、近くにいる方がする。

泣き始めたら、まずはオムツを疑う。べりべりっとオムツのマジックテープを外す。黄色くなっていれば、新しいオムツと交換する。おしっこが出ていなければ、妻と相談し、さっき母乳を飲んでから時間が経ったか、確認する。

もしお腹が空いているのなら、妻に任せて、母乳を飲ませてもらう。

「授乳みたいだよ。さよ、よろしく」

と私がお願いすると、

「はーい、わかった。ちょっと待ってて」

と妻が準備を始める。

あるいは、飲みたがらなければ眠い可能性が高いので、抱っこして寝かしつける。

「飲まないみたい。あさ、抱っこよろしく」

と妻が頼んでくると、

「りょうかーい」

と私が抱っこする。

左腕に若葉を乗せ、右手でとんとんとリズムよくたたき、揺すってあげる。

これで寝てくれれば、万々歳。……寝てくれないことも多い。

——うんちの世話もある。泣いたときに、うんちだと、臭いでわかるときがある——わからないときもあるが。

若葉は、まだいろいろなものを食べていないので、うんちがさほど臭くない。離乳食を口にするようになると、とても臭くなるらしい。そう記事で読んだ。

うんちが問題なのは、捨てた後のオムツの臭いだ。部屋中が臭くなる。暖かい空気に混じると格別だ。対策せねばならない、ということで、蓋がしっかり閉まるオムツ用ゴミ箱を購入した。

慣れないことばかり。若葉との付き合い方を覚えていく。

＊

退院して初めての週末、蓮人が優季さんと、家に来た。

私は若葉を抱っこしていた。

「小さいなあ。生まれてすぐって、こんなに小さいんだ」

蓮人は驚いている。

優季さんも驚いている。

「ちっちゃーい。かわいいー」

「抱っこしてみます？」

と、私は優季さんに聞く。

「えー、大丈夫ですかね」

「大丈夫ですよ。首が据わってないから、気を付けて。こう、首の下に手を当てて」

優季さんに、そっと若葉を渡す。

「うわー、かるーい。やわらかーい」

と目を丸くする。

私はあえて口にしないが、蓮人たちもそろそろ赤ちゃんが欲しいと思っているのだろう。結婚して何年か経った。――私は、先に親になった友人から「子ども持つのは早い方がいいよ」と言われ、いい気分がしなかった。無神経に先輩ぶるのはやめてほしい、と感じた。だから私は蓮人たちにそういう言い方をしない。

次に、蓮人が抱っこした。

「うわ、こわいっ」

と首の感触への感想を口にした。かろうじて笑みを浮かべているが、蓮人の顔がこわばっているのは他人にも見てとれる。

突然、若葉が声を上げて泣き始めた。うぇーん、と泣いた。

「ちょ、ちょっと、どうすればいい?」

蓮人は慌てて私を見る。

「じゃ俺、抱っこするよ」

と言い、私は手を差し出して、ゆっくりと若葉を譲り受けた。

「わかちゃん、起きた、わかちゃん、起きた」

と私は拍子をつけて、ゆらゆらしてリビングを歩き、窓の方に向かった。蓮人を見ると、恥ずかしそうな、気まずそうな顔をしていた。

間もなく泣きやみ、みんなで軽くお昼を食べた。

妻はリビングの隅の方に座り、母乳を飲ませた。タオルケットを上半身に掛け、若葉と胸部を隠して、授乳している。

ああ、そうやって授乳するんだなあ、と蓮人と優季さんは感心していた。

その後、私は臭いに気づいたので、

「あ、おしっこした」

とオムツを替えた。慣れてきたので、ちゃちゃっとできた。

「すっかり二人とも、お父さんとお母さんだね。すごい」

と優季さんが、私のオムツ替えを見ながら、静かに、みんなに聞こえるように言った。つい先日まで同じ立場の夫婦だった人が、別の人たちになった、とでも言いたげだった。

蓮人は、横で何も言わずにうなずいていた。これもまた、静かに、みんなに見えるように、無言でうなずいていた。

＊

今日は大学に来た。

出産後の一週間は大学を休んだ。なので、今日が若葉が誕生して初めての出講。大した日数ではないのに、久しぶりに大学に来た気がする。

ゼミの時間、学生たちに報告した。陣痛から分娩の経緯。我が子が生まれた瞬間の感動。妻が健康であることへの安堵。日々の新たな生活。

まだ何も知らぬ学生たちに、これらを共有したかった。充実した日々を過ごしている、と伝えたかった。活き活きした自分を見せたかった。「やれるだけの家事や育児をする。それが今の男性」――そういうメッセージを学生たちに、身をもって示したかった。女子にも、男子にも。


先生方には、個別に研究室を回り、挨拶した。無事に生まれたことの報告と、今後は仕事を軽減してほしい意向を伝えるためだ。

差し当たって、これから何度か開催されるオープンキャンパスの当番がある。

オープンキャンパスとは、高校生のために大学を開放する機会。土日に開かれることが多い。教員は、高校生相手に自分の授業のことを話したり、学部や大学の売りを説明したりする。受験生を増やすことが目的。

全員の教員が毎回参加する必要はなく、当番になった人だけが担当する。赤ちゃんのいる私としては、いつにも増して当番の回数を減らしたい。

これから順に、先生方に、来月のオープンキャンパスの担当を外してほしいことをお願いして回る。

まず、計量経済学の上松先生。

研究室のドアには、スコットランドを訪れたときに入手したという、アダム・スミスの肖像画が貼られている。

中に入ると、上松先生は口髭を指で摘まみながら、厳格な面持ちで、こう分析した。

「各自が得意なことを行うのが効率的であり、不得手なことを行う人がいるのは、全体として効率的ではありません。衝羽根先生は今、仕事に向いていない。よって今、オープンキャンパスはあなたが担当するよりも、もっと適した人が担当する方がよいと思う」

ありがたい分析だ。その通りです。私は確かに、頭が今は高校生勧誘に働かないのです。それは大学として不利益だと思います。


二人目は、発達心理学の野三杉先生。

研究室のドアには、次の発達心理学会の大会ポスターが貼られている。開催地は広島らしい。野三杉先生は現地で旧友と飲み交わすのだろう。

部屋に入ると、テーブルの上に一人息子の写真が飾られている。

チノパン姿の野三杉先生は、地味な眼鏡を指で上げて、にこやかにこう話した。

「衝羽根さん、休めるときは、できるだけお子さんと過ごすといいですよ。どんどん成長するし、小さな発達が手に取れるようにわかるから。その都度を、よおく見ておかないと、もったいないです。何もかも新鮮ですからねえ」

相変わらず子どもの観察が大好きな人だ。承知しました。よく見ておきます。

三人目は、政策科学の柊先生。

研究室のドアには、柊先生が取材を受けた雑誌や新聞などの、顔写真入りの記事が貼られている。

部屋に入ると、淡いクリーム色のスカート姿の柊先生がいた。

「政府は、世の男性が子育てのために、もっと家に戻れるように、職場に制限をかける政策を進めるべきよね。そういう時代です。なのに、男性は後ろめたさを職場に持ちながら、育児と仕事の狭間に立たされている。それが現状ではないですか?」

そうだ、さすがだ。しかし私は、大学に後ろめたさはない。私の子育てを、みんな快く応援してくれるはずだ。


三人の先生方と話して、味方になってもらえたと思う。休日に家にいられるように、工面できた。妻も喜んでくれるだろう。

一刻も早く家に帰ろうと、速く自転車をこぐ。外は、ほのかに明るい。日が長くなった。


家に着いた。

「ただいまー」

と声を上げると、妻が急いで玄関に来た。

「今寝たところだから静かにして」

と、小さな声でそそくさと言うと、またすぐリビングに戻って行った。……私は、静かな足取りで、そっとリビングに入る。

リビングに赤ちゃん用の布団が敷かれている。その上ですやすやと、若葉は口を開けて寝ている。電気は点けていない。薄暗い。

小声で、今日のことを妻に伝えた。

「来月のオープンキャンパス、外してもらえるよう、上松先生と野三杉先生と柊先生に掛け合ってきたよ」

「……あ、そう」

妻は、やや他人事のように言った。

「休めた方が、いいよね」

私は確認した。

「うん……」

妻はそれしか言わない。

「今日、どうだった？」

と、私は逆に質問をしてみた。

「……わかちゃんは、機嫌良かった」

「よかったね」

と、私は即答した。

「でも、咳き込んだ」

「えっ。大丈夫だった？」

「ん……。大丈夫だった」

私は安心した。

「よかったね」

「……んー」

妻はそれしか言わない。疲れているのか。私は妻の肩を揉んだ。

「あー、凝ってるなあ。横になって。背中と腰も、マッサージするよ」

と言い、妻にうつ伏せになってもらった。しばらく、揉み解した。

五分ほどしてから、ようやく妻が口を開いた。

「ひとりで不安だった」

出産後、四週間は産褥期といい、外出するのは控える。母子ともに、家でゆっくり休む。そう産婦人科で指導された。

しかし、もうすぐ夏、外に出るのにいい季節。じっと家の中にいるのが、心身のためにいいのかどうか。

＊

翌朝、大学へ。授業はないが、先生方にお願いするために。

妻と若葉が「行ってらっしゃーい」と玄関で見送ってくれた。今日もなるべく早く帰ってこよう。

「夜中の授乳がきつい」と妻は言う。何度も目を覚まし、授乳したまま寝てしまう。何日もそれが繰り返される。早めに帰ってきて、昼寝をしてもらおう。心にそう誓って、自転車をこいだ。汗をかいた。

これから交渉。一人一人に頭を下げれば、免除してもらえるだろう。昨日の調子でがんばろう。

まずは家族社会学の栗林先生。

研究室のドアに「提出物はこちらに」と書かれた、大きな封筒が貼られている。太くて勢いのある字。その横に、シンプルな自分の似顔絵が、小さく描かれている。

部屋に入ると、栗林先生は満面の笑顔で迎えてくれた。ふわっとしたスカート姿。

「おめでとう。無事でよかったわね、衛羽根さん。奥さんをサポートしてね。こっちのことは大丈夫、任せて。奥さん、今サポートしないと、一生尾を引くわよ」

栗林先生は、はつらつと語った。尾を引く、か。そんなもんか。

「はい、これ、奥さんに渡してください」

と小さなメッセージカードをくれた。そこには「おめでとうございます。体を大事に、新しい生活を楽しんでください」と書かれていた。その横には、赤ちゃんを抱っこするママが笑うイラストが描かれている。絵心のある人だ。


次は、文化人類学の榎藪先生。栗林先生と研究室が隣。仲がいい上にお隣さんとは。よく立ち話を見かけるはずだ。

榎藪先生の研究室のドアには、海外で入手したという織物が掛けられている。赤や黒や黄など色とりどりに織られたもの。

中に入ると私は、榎藪先生にまず質問した。

「あの織物は、どこのものですか？」

「インドです」

と、榎藪先生はいつも通り、汗を拭きながら答えた。

「インドにはどれぐらい滞在されたのですか？」

「最長で一年間、延べにすると、五年ぐらいだと思います。現地調査には年月が必要ですから」

さらに私は質問。前から聞きたかったことだった。

「榎藪先生は、これまで何か国に行かれたのですか？」

「三十か国ぐらいです。まあ学問の性質上、そんなものだと思います」

榎藪先生は、

「それより衝羽根先生、新しい生活で、お疲れではありませんか？　雑務はお任せください。我々で十分です。ご家庭のことに専念されてください。私など独身の者にはわからないご多忙さがあることでしょうから」

と言ってくれた。

ありがとうございます。そのうち恩返しさせていただきます。お言葉に甘えさせていただきます。


今日の最後は、学部長の八重柏先生。

研究室のドアには、来月実施するシンポジウムのポスター。八重柏先生が登壇するらしく、顔写真入りで演目とプロフィールが記載されている。

部屋に入ると、ロマンスグレーの長身がいた。

「えっ、オープンキャンパスは休んじゃ駄目でしょ。他の先生がいいって言ってんの？　なら文句言わないけど」

と一応は納得してくれた。

「でもさ。奥さんは、一人で子守りできるんでしょ。そしたら、奥さんに任せて、衝羽根くんは高校生を一人でも多く集めた方が、大学のためだよ。学生に人気あるんだから。男はさ、子育てに向かないんだよ。仕事した方がいい」

いやいや、あなたが子育てしなかっただけでしょ。そんな言い方してると、今どきの女性は相手してくれませんよ。しかし、今日は引き下がるに限る。

「この度はどうもありがとうございます」

と、お辞儀をして退室した。

その後、私は自分の研究室で二時間ほど、雑用を済ませた。授業準備や、研究など。午後の明るい時間にキリがついた。

急いで家路に就く。自転車をこぐ。最近、蒸し暑くなってきた。

家に辿り着くと、この日は、静かにゆっくり「ただいま」と言って、ドアを開けた。妻は若葉を抱っこして玄関に来た。「お帰りー」と二人で出迎えてくれた。若葉は起きていた。

帰宅後は、妻を休ませ、若葉を抱っこしたり、オムツを替えたりした。妻は、肩の荷が下りたように、安堵の顔をしていた。

＊

翌週、梅雨入り。

若葉と妻は、まだ外出できない。気分がすっきりしない。

特に妻が、今日は朝から、にこりともしない。

そうか、授乳のための断眠で、眠れなかったのか。

よし、私も大学に行く用事はないので、若葉の面倒をできるだけ見よう。家のことをできるだけしよう。そうすれば妻が少しでも昼寝できるだろう。そう決めた。有料チャンネルの観たいバンド番組はあるが、今日は視聴しなくていい。

朝食を食べ終え、若葉がうとうとし、妻が若葉を寝室に連れて行った。そのまま寝かしつけている。

まず、朝食で使ったお皿を洗う。私がやってあげれば、妻は喜ぶだろう。私はお皿を洗い始める。スポンジを泡立て、食器を擦り、じゃぶじゃぶと水で流す。最初は退屈だったこの作業だが、もう慣れた。妊娠前はほとんど妻に任せていたが、今はそんなことはない。終えると、さっぱりとして気分がいい。

水で流した食器を、シンクの横の水切りマットに重ねていく。最後の一枚を重ね、さて次は何をしよう、と考えていると、妻がやってくる。

「わかちゃん、寝た?」

と聞くと、

「寝たよ。……今朝、わかちゃん、四時から起きてたから」

と妻は疲れ気味に答えた。

「早いよね。お皿、洗っといた」

と私が言うと、妻は嬉しそう、というよりも、物言いたげな表情。私はさらに続けて、

「洗うのが、最近は楽しくなってさあ。どうせやるなら嫌々でなく、楽しくする方がいいね……」

と言い終わる前に、妻は口を挟み、

「重ねないでね」

と、優しく、しかし言い切った。

「え？」

「前から置いてあるお皿に、濡れたお皿を重ねないで」

お皿の方を見ると確かに言う通り。乾いたお皿に、私は洗いたてのお皿を重ねて置いた。いつもの私のやり方。妻は、説明を加えた。

「先に乾いたお皿が濡れちゃうから。だから、どかしてから、洗ったお皿を置いて」

「あ、そうか。……わかった」

「前から言おうと思ってたんだけど」

と言う妻の口調は、優しかったが、刺さった。

前から言おうと思っていたことに、私は気づかなかった。

……もっと早く言ってくれても、よかったのに。手をタオルで拭いていると、妻は寝室に戻った。

まあいいや。妻をさらに休ませるためにできることはないか、辺りを見回した。

そうだ、若葉が寝ている間に、今のうちに掃除機をかけよう。

私は掃除機を手にし、リビングの掃除を始めた。きれいになっていくのが気持ちいい。妻も喜んでくれるだろう。リビングを終えた。次に、廊下に、掃除機をかけようとしてドアを開けると、妻がいた。

「今やらなくていい。わかちゃん起きちゃうから」

と妻は静かに言った。

「でも、寝室にいるんでしょ。大丈夫だよ」

と私が返すと、

「雨だし、いいよ。掃除機は、換気できる日にやるから」

と妻は言い、また寝室に戻る。

……それもそうか。

せっかくだが、掃除機をかけることでも、妻は喜んでくれなかった。

私は、窓の外を二、三分、眺めた。よく降るなあ、梅雨入りか。でも、この天気も静かで、悪くない。外からは雨の音しか聞こえてこない。

寝室を見に行く。妻は若葉の横で、うとうとしている。少し安心する。

＊

翌日も雨。三人ともリビング。

妻は「夜、いつもよりも、少しよく眠れた」と言った。

若葉も機嫌がいい。両手で抱っこしたまま、高く持ち上げると、若葉は目を大きくした。もう一度した。また目を大きくした。

「わかちゃん、楽しそうだね」

と妻が明るく言った。

「そらー、そらー」

と私は同じ動作を五、六回繰り返した。

すると、若葉が突然、ふぎゃーふぎゃーと泣き始めた。

「あらら、どうした？」

と持ち上げるのをやめ、私は顔を覗いた。

「大丈夫、大丈夫。怖かった？　ごめんね」

と話しかけながら、抱っこで軽く揺らし、部屋の中をゆっくりと、丸く歩いた。

「おしっこじゃないの？」

と妻が指摘した。でも臭いがしない。

「なんで？　おしっこの臭い、しないけど」

「でも、オムツ、見てみて」

「いや、持ち上げたから、怖かったんだよ。ちょっと落ち着かせれば、泣きやむと思う」

「その泣き方は、おしっこだよ。臭う」

「大丈夫。泣きやむよ」

そんなことを話しながら、抱っこのまま窓の方に向かった。

「まだ雨だねえ」

と若葉に話しかけるが、泣きやまない。そのうち妻が隣に来て、

「ちょっと貸して」

と言い、若葉を私から横取りした。妻は若葉を座布団に寝かせ、オムツを外した。

「ほらあ、出てるよ」

と妻は、私の方を見て、オムツを替えながら言った。

「あ、ほんとだ」

と私は近寄り、オムツが黄色くなっているのを確認。

「持ち上げられて、興奮して、おしっこしたんでしょ。たぶん」

と妻は、私の方を見ずに、言った。

私は少しだけ二人の姿を見ていたが、オムツ替えが終わる前に、二人に背を向け、窓の外に目をやった。ざあざあと、相変わらず雨音が聞こえた。

＊

翌週、雨の降っていない日があったので、午前中に三人で散歩に出た。

抱っこ紐に若葉を包み、帽子を被らせた。万全の対策。妻と若葉が外に出られる日が、ようやく来た。

外は、眩しさでいっぱい。

そうだ、この隙に、お宮参りをしよう。梅雨時にこういう日はなかなかない。日にちも、ちょうどお宮参りの頃だ。

ちょっと改まった服装にした。妻は、久しぶりのよそ行きが嬉しいらしく、丁寧にメイクをしていた。私も久しぶりに、スーツとネクタイを身に着けた。

妻と二人でよく歩いた道。——今は、若葉がいる。景色が違って見える。今までは見えもしなかった、家々の庭の、三輪車や小さなシャベルが目に入る。洗濯物に、子ども服が干されている。

商店街を通ると、前まで目に入った飲食店には目が行かず、親子向けを謳う店が目に飛び込んでくる。妊娠中に二人で立ち寄った、和菓子屋の前。

「帰りに、和菓子、買いたいな」

と妻がささやいた。

「うん、買って帰ろう」

商店街を抜けると、例の神社がある。妊娠発覚して間もなく、ひとりでお参りに来た。だが、今は三人だ。鳥居をくぐり、奥の本殿に進む。前と同じ、変わらない本殿。二人とも手を合わせる。

本殿の前で、妻と若葉の写真を撮った。

妻は日傘を差し、眩しそうに、目を細めている。抱っこ紐から若葉の顔を出し、白いおくるみの中に入れ、胸に抱えている。若葉は、おくるみの中から少しだけ顔が見える。――いい写真だ。

「いい写真が撮れたよ」

と私は言いながら、携帯の中の写真を、妻に見せた。

「しっかりした日差しだね。いい写真だね」

と妻は喜んだ。

＊

翌日。雨。しとしと静かに降っている。

妻は朝から、

「夕べは、わかちゃんが、何度も何度も起きた」

と繰り返す。疲れた顔。

若葉の機嫌も悪い。寝不足なのか。昨日、外に出て、日差しに疲れたのか。今日は雨で気分が晴れないのか。ふにゃふにゃと、ずっと泣きべそをかいている。こちらも落ち着かない。

リビングで、妻が抱っこしてあやしていると、ぎゃーと泣いた。

「代わろうか」

と私が優しく言うと、

「いい、大丈夫」

と妻は言いながら、母乳を飲ませる準備をした。

――しばらく母乳を飲ませていたら、静まった。

妻は、そのまま床に寝かせようとして、若葉を座布団に丁寧に置き始めた。ゆっくり、ゆっくり置いた。手を離した。妻は一息ついた。

その瞬間、また、ぎゃーと泣いた。

妻は溜め息をつき、若葉を持ち上げた。

「抱っこしようか」

と、私はさっき以上に優しく言うも、妻は、

「いい、大丈夫」

と答えた。妻はその場で揺らしながら、ご機嫌をとった。疲れた顔。また母乳を飲ませた。

――飲みながら寝たようだ。そのまま妻は、その場でじっと立っていた。私は二、三分ぐらいして、

「抱っこしようか。疲れたでしょ」

と声をかけると、妻は、

「じゃ、お願い」

と、若葉を差し出した。私はゆっくり、慎重に受け取った。

最近、手首が痛い。抱っこするときに手首に負担が来るようで、重みが痛さを呼ぶ。やっぱり今日も痛い、と思いながらも我慢して抱っこした。若葉の温かさが、余計にずっしりと重厚感を誘った。座布団に寝かせようか、どうしようか考えていると、妻が助言した。

「床に寝かせるのは、もう少し経ってからじゃないと、またすぐ起きると思う」

……さすがにこの痛さは、こたえる。手首がぷるぷるする。

顔を動かして、痛さを忘れる。目を強く閉じる。口を引き締める。……だが、痛さは紛れない。手首が痛い。痛いものは痛い。

若葉が、ぎゃーと泣き始めた。さっきよりも声が大きい。

妻が飛んできた。

「あー、もうー」

と妻は言いながら、有無を言わさず、若葉を取り去る。

「ごめん、うまく抱っこできなかった。手首が痛くて」

と言うと、妻は、

「私だって、頭が痛い」

と、眉間にしわを寄せて、重い声で言った。その勢いのまま、妻は早い口調で、

「もう抱っこしなくていい。無理しないで」

と言い放った。

「いや、無理してるわけじゃない」

妻は何も言わず、寝室の方に、抱っこのまま去った。寝室で、すぐに泣き止んだ。また母乳を飲ませたのだろうか。

――私は寝室に、二人を見に行かなかった。リビングで、窓の外を眺めた。さっきより雨が強くなっていた。

*

今日も雨。両親が家に来た。

「わからないことがあったら、なんでも聞いてちょうだいね。一通り経験してるからね。わからないことだらけでしょ、まだ」

と母は言った。母は昔から言葉が多い。

妻は「はい」と答えた。何に対して、はいと言ったのだろう。

妻は座って若葉を抱っこしていた。ゆらゆらと軽く揺すっていた。母がそれを見て指摘。

「そんなに頭を揺らさない方がいいよ」

妻は、

「えっ、そうですか?」

と、全く気づかなかったという顔をして言った。私は、いつもと同じだと思ったので、母に、そんなこと言わなくてもいいのに、と感じた。父は「ちょっとタバコ吸ってくる」と、表に出た。

妻がお茶を入れに、キッチンへ行った。

すぐに戻ってきた父が、若葉を抱っこ。父は若葉を揺すった。

「意外とうまいね」

と私が言うと、一分も経たないうちに、ぎゃーと泣き始めた。

「おしっこかもしれない。ちょっと貸して」

と私は言い、部屋の端に行き、オムツの中を確認した。黄色くない、おしっこではなかった。たぶん居心地が悪かったのだ。

「偉いねえ。男がオムツ替えるなんて。俺たちのときは、やらなかったよ」

と父は言い、母も、

「そうだよ、男の人なんて、何もしてくれなかったよ」

と続けた。私は、

「今どき男がやるのは、珍しくないんだよ」

と、オムツを替えながら、伝えた。

「掃除だって、洗濯だって、料理だって、今の男は、なんでもやるんだよ」

私は自信を持って語った。

妻がお茶とお菓子を持ってきた。妻は私の方を見て、

「ありがとう、わかちゃん抱っこするよ」

と言い、若葉をひょいと引き取った。妻が抱っこする姿を見て、母は、

「あんまり抱っこしすぎて、抱き癖がつくと良くないよ」

と指摘。

抱き癖――ひと昔前までは、よくこの言葉が使われていた。しかし最近の子育て指南は、そうではない。愛着心を十分に形成するため、できるだけ子を抱いてあげた方がいい、そう推奨される。何が本当かは、わからないが。

妻も当然そのことは踏まえている。

「お母さん、抱き癖は、ちょっと前までは良くないと言われてたらしいですけど、今は……」

と妻が話す途中で、母が発言。

「今も昔も、変わらないものは変わらないよ。子どもは甘える。それに全部応えてたら、親は疲れるよ」

妻は何も言わない。だが納得した顔ではない。抱っこは、やめなかった。

私も、何も言わなかった。妻を助ける言葉を、何か言った方がよかったのかもしれない。いや、母の言うことにも、一理あると認めていた。

＊

翌日、蒸し暑い。梅雨明けはまだ。でも晴れ。

リビングにいる若葉の泣く声がしたので、向かった。横になって寝ていたはずだが、目を覚ましたらしい。私はお風呂の掃除をしていた。

先に、妻が来た。オムツを替え始めた。

「俺、オムツ替えようか」

と言うと、妻は、

「いい、大丈夫」

いそいそと答えた。

オムツを替え終わると、妻は若葉を抱っこして立ち上がる。

と私は妻にたずねた。

「抱っこしようか」

「手首痛くならないように、抱き方を考えたんだよ」

と伝えた。手首に力を入れず、二の腕と肘にうまく体重を乗せることで、手首を守れることに気づいた。

「抱っこしようか」

私はもう一度言った。妻は何も言わない。

「じゃあ、天気いいし、散歩でも行こうか」

と切り出してみた。

「……そうだね」

妻はようやく返事をした。

外出する用意をし、私が若葉を抱っこ紐に入れ、三人で外に出る。蒸していて、日差しが強い。若葉と接する部分のお腹が、じんわり熱く感じられる。

近所のおばさんに声をかけられた。

「こんにちは。あら、いいわねえ、お父さんに抱っこされて」

「こんにちは。暑いですすね」

と私は笑顔。

「最近のお父さんは、赤ちゃんの面倒見て、偉いわね。お出かけ?」

「ええ、ちょっと散歩に」

「がんばってね」

「ありがとうございます」

私たちはそのまま歩き、近くの公園に着いた。木陰のベンチに座って休むことにした。

「ああ、暑い」

と私が汗を流しながら、抱っこ紐をほどくと、妻は、

「暑いでしょ。抱っこ、代わるよ」

と言いながら、若葉を抱きかかえた。

「いいよ、大丈夫だよ」

めた。

「私が抱っこするよ」

と妻は早口に言うと、さっさと若葉を抱っこ紐に入れ、立ち上がった。急に、若葉が泣き始めた。

「あ、オムツかな」

と私が言って、若葉のお尻を触ると、妻が言った。

「いいよ、私が見るから」

妻は抱っこ紐を外し、ベンチの上でオムツを開いて確認。私は、持ってきていた替えのオムツを、妻のリュックから取り出した。

「じゃ、わかちゃんのお尻、持ち上げててね。俺がオムツ替えるから」

と言うと、妻はすかさず言った。

「いいよ、大丈夫」

妻はオムツを私から奪い取った。

「男の人がやると、そんなに偉いのかな？」

「えっ？　どういう意味？」

「ちょっと何かやれば、偉い偉いって言われるでしょ」

妻は堰を切ったように言葉を続けた。

「私は、夜中、授乳してるんだよ。昼間だって、あさが仕事に行ってる間、一人でずうーっとずうーっと一緒にいるんだよ。一人でみーんなやってるんだよ」

私には返す言葉がない。妻は続ける。

「いいよ、大丈夫。私一人でやるから」

そう言い放つと、妻は若葉を抱っこ紐に入れて歩き始め、公園を出て行った。

「ちょっと待って」

私は追いかけた。妻の足取りは早い。

「もういい、大丈夫」

「そんな……、待ってよ」

妻に追いつけない。

「お母さん、抱き癖って何？　今どき、ああいうこと言う？」

急に昨日のことを口にした。引っ掛かっていたのだ。私はなだめようとして、

「ほら、……やりすぎると、こっちが疲れちゃうってこともあるから」

と、私は母の味方をするような言葉を、咄嗟に口にしてしまった。

「じゃあ、私がいけないの？　やりすぎてるの？」

妻は歩きながら、少しこちらを振り返って言った。涙ぐんでいる。

「お母さん、揺すりすぎって。あれもひどくないかな？」

「ああ……」

「揺すってないよね、そんなに」

「……そうだね」

「じゃあ、言ってよ。あのとき、黙ってないで、言ってよ」

「……ああ」

「もういいっ」

と妻は言ったが、私も納得できず、こう返した。

「……自分で言えばよかったのに」

「私が？　言えるわけないでしょ？」

と妻は、泣きながら言い返す。そのまま続けて、

「大体さ、お父さんも、タバコの臭い、ひどいよ。若葉を抱っこする前は、タバコ吸わないでほしい。私タバコ大嫌いなの、あさ、知ってるよね？」

「それも、自分で言えばよかったのに」

「言えるわけないでしょ。もういいっ！」

妻はぼろぼろと涙を流し、早足で歩く。私に追いついてほしくは、なさそうに。

私も並んで歩く気になれない。少し後ろを歩いた。

妻と私の距離は、だんだん離れていった。

＊

翌日は小雨で蒸していた。大学に出講。

自転車に乗って家を出たが、早々に乗るのをやめ、傘を差して押して歩いた。

授業は終わった。だが、昨日の妻とのことで頭がすっきりしないまま、帰宅の準備をしていた。

突然、蓮人が研究室に来た。

「あれ、どうした？」

急な訪問だったので、私は驚く。

「近くに来たから、寄ってみた」

蓮人は平然と言う。まだ早いし、軽く一杯引っ掛けよう、ということになり、商店街の中ほどにあるバーに寄った。若葉が生まれてから、外で飲むのは初めてだ。

「どう？　わかちゃん、元気？」

蓮人がグラスビールを飲みながら、たずねた。

「ああ、元気だよ。それより……」

目下、私が気になるのは、妻とのことだ。昨日のいきさつを話した。蓮人は黙って聞いた。

話を終えると、蓮人は言った。

「さよさん、疲れてるんじゃないか。断眠はきついと思う」

適切な分析。蓮人はゆっくりと続ける。

「あさも、がんばってる。大したもんだよ。仕事しながら、家事もして、わかちゃんの世話もしてるなんて、尊敬する。二人とも、がんばってるよ」

小一時間ほど飲んだ。気が楽になった。帰宅しても昨日のことには触れず、妻に優しく接しよう。気持ちの余裕が生まれた。

雨は止んだ。薄暗いが、まだ自転車の電灯を点けるほどではない。

蓮人と別れた後、商店街のパン屋に寄った。妻の好きな、抹茶の練り込まれたデニッシュを買った。帰宅すると、妻は、そのデニッシュを喜んでくれた。若葉も起きていた。二人ともご機嫌だった。悪くない一日の終わりだった。

私は二人が寝た後、缶ビールを開け、好きなバンドの曲を少しだけイヤホンで聴きながら、妻に置き手紙を書いた。明朝、妻が先に起きて、これを読んでくれると期待して。

——さよへ。二人が寝たので、ほっとして一杯やりながら、この手紙を書いています。生まれてもう一か月経ったね。さよのしてくれる全てに感謝しています。どうもありがとう。たとえ言葉にしなくても、いつも思っています。ありがとう。

その夜、二時ごろだった。地震があった。三人とも、ぐらぐらと大きな揺れで、目を覚ました。若葉はそれ以降、よく寝付けず、ほぼ一時間おきに泣いた。

朝になり、天気は晴れだったが、蒸していた。

頭が冴えない。重い。断眠のせいだろう。

キッチンに行き、

「おはよう」

と妻に声をかけた。若葉は、抱っこ紐で妻におんぶされていた。妻は味噌汁の味噌をといていた。

「おはよう」

と妻は答えたが、料理の方を見ていて、こちらを向かない。

「夜中の地震、大きかったね」

と私が言うと、妻が、私に質問した。

「ゆうべ、何時に寝たの？」

「なんで？」

「遅かったのか、と思って」

「十二時すぎかな」

私はありのままを伝えた。

「自分の時間があったんだね」

「えっ？」

「私には、落ち着いて一杯やる時間なんて、ない。一日のうち、息をつく時間なんて、ない」

と、私の方を見ず、料理をしながら言った。

「いや、俺だって、暇なわけじゃなく」

「でも、お酒飲む暇はあるよね」

「……昼間は働いてるよ」

「私だって昼間も、若葉の面倒見てる」

「わかってる、だから感謝してる。心の中で、いつも」

「わかってない。あの手紙は」

私は言葉に詰まった。キッチンをゆっくり離れ、リビングの方に行った。……ここで腹を立ててはいけない。何が気に障ったのだろう。わからない。これまでだって、置き手紙をすることはあった。こういう反応は初めてだったし、予想していなかった。

朝食の準備ができ、私たちは食卓に座った。

若葉は、横で寝っ転がっている。元気そうに、手足をばたばた動かしている。

「いつも、朝食つくってくれて、ありがとう……」

と私は、がんばって口にした。妻は黙ったまま。

いただきます、と妻が言おうとした瞬間、若葉が、うわーっと泣き始めた。

「このタイミングでおしっこか。俺、取り替えるよ」

「いいよ、食べてからで」

妻がすかさず言う。

「でも、俺、さっとやっちゃうから」

「いいって」

「いや、やるよ」

「いいって、ご飯食べて」

と妻は言うと、若葉に手を伸ばし、オムツを替え始めた。

私は一口だけ味噌汁をすすってはみたが、妻を横目に、食べ続けるのは悪い気がした。箸を置いた。

「いいよ、俺がやる。さよは先に起きてたから、お腹が空いてるだろ。先に食べていいよ」

と言いながら、若葉の方に手を伸ばした。

「私がやり始めたんだからさあ。二人でやることじゃないよ」

「俺が代わるって」

「やめて」

と妻は手を止めようとしない。

「いいよ、代わるよ」

と私は言いながら、横に置かれていた新しいオムツを取って、差し出した。

と、そのとき、妻も手を伸ばしてきた。運悪く、妻の手が、そのオムツに勢いよくぶつかった。

オムツが宙を飛ぶ。

ばしゃっ、とオムツが味噌汁にぶつかった。お椀の中身がこぼれた。

「もお、私がやるから、いいっ。関わらないで」

妻は強く言った。

「その言い方、よくないよ」

と言いながら、私は味噌汁を拭くための布巾を探した。

若葉は大声で泣いた。

＊

気分を引きずったまま、大学に行く。今日はゼミと会議。

ゼミ生たちに話す。毎日、私は家事も、オムツ替えも、抱っこも、いろいろやっている。寝不足になる。正直、楽ではない。でもやりがいがある。それが子を持つということだ。

いつか、学生たちに子どもができたら、こんな良い父親がいたと思い出せるように、経験談を生々しく伝えておく。妻とのいざこざについては、話さない。

学生たちは何も言わずに聞いてくれる。


ゼミを終えて研究室に戻る。

会議までの時間に休憩していると、蓮人から電話が来た。そのうちまた会おう、と言ってくれた。もらった電話で恐縮だったが、昨晩から今朝までのことを話した。こちらとしては、妻にいい思いをさせたくて努力しているのに、空回りになっている、わかってもらえない、と。

つまり、愚痴を言った。蓮人はずっと聞いていたが、よく考えて、最後にこう言った。

「さよさんは、疲れてるんだろう。今はさよさんが、わかちゃんに意識を集中させるのは、仕方ないと思う。大丈夫、これまで二人でやってきたんだから。時間が解決する。あさの気持ちを大事にするときが、また必ず来る」

こんな助言をくれた。

蓮人と電話ができて、救われた。話せて本当によかった。

さて、次は会議だ。


夕方から委員会の会議。会議室に向かう。

「委員会」とは――。広報委員会、国際委員会、就職委員会などがある。それぞれの委員会が、大学運営の業務を担う。教員は必ずどこかの委員会に所属する。私は今年度、広報委員会に所属している。

今日の広報委員会の議題は、学部パンフレットに入れ込む情報の整理。学部パンフレットは、高校生や外部に向けた情報発信源として、極めて重要だ。

……ただ、眠い。若葉が夜中に何度も泣いたせいだ。

授業は、私が寝てしまったら成り立たないが、会議は、一人ぐらい寝ていても成り立つ。責任感がまるで違う。

会議の途中、何度もうつらうつらした。他の先生に気づかれただろうか。

――会議が終わり、次の業務のことで、個別に先生方と相談した。推薦入試の当番を交代してもらうための交渉。小さい子がいるのだから仕方がない。

来週の日曜が推薦入試。だが、家のために時間を割きたい。もっと後の時期、つまり秋か冬になって、家のことが落ち着いてきたなら、日曜に出勤するのは今より楽だ。なので、今回は交代してほしい。その相談だ。

隣の席だった榎藪先生に声をかけた。丸い顔の汗を拭きながら、こう言ってくれた。

「私は大丈夫です。では、今回は私が出ますので、衝羽根先生は秋の日程でお願いします」

思いの外、早く話がまとまった。ありがたい。

同じ日に担当予定の柊先生に、榎藪先生と交換したことを伝えた。相変わらず、淡いクリーム色のスカートが、彼女の高尚な雰囲気を表現している。

柊先生は、少し間を置いて言った。

「子どもがいると、優遇されるのよね。子どもがいないと、優遇されないのよ。まあ、今回は私の利害に関係ないから、結構ですが」

……物言いたげだった。

「それと、衝羽根先生……」

と柊先生は付け加えた。

「会議中に寝るのは、やめた方がいいです」

釘を刺された。

野三杉先生もまだ会議室にいたので、この変更を報告した。チノパン姿で笑顔の野三杉先生は、眼鏡を上げながら、教え諭すように言った。

「衝羽根さんは、そろそろ次の段階に移行すべきかもしれません。そうすれば、もっと業務に時間を割けるはず。赤ちゃんとの距離を考え、奥様に委ねるといいかもしれませんね」

……あまりピンと来ない。なんにせよ、変更のことは伝えられた。

＊

翌朝、起きたら喉がひりひりする。頭痛も。

——昨夜はかなり疲れていた。寝床に入るまで体力がもたなかった。電気を点けっ放しで、缶ビールを飲み終えず、ひとりリビングで寝てしまった。

目を覚まして布団に入り直したときは、夜中三時を過ぎていた。「まずい、やってしまった」と反省。

——キッチンに行き、「おはよう」と声をかけると、

「どうしたの?」

と妻はこちらを見て、冷たく言う。若葉を抱っこ紐でおんぶしながら、料理をしている。

「なんで?」

と私が聞き返すと、

「鼻声だから」

と妻は答えた。

「ああ、ちょっと喉が痛くて」

「どうかしたの?」

「昨日リビングで寝ちゃったから、かな?」

「えー、気をつけて。うつさないでね」

と妻はこちらを見ずに言う。

食事中は、あまりしゃべらないようにした。若葉は、横に寝そべって手足をばたばたさせている。

朝食が終わり、若葉を散歩に連れて行こうと思い、妻に提案。

「大学はお昼過ぎからだから、今日は天気もいいし、わかちゃんと散歩してくる」

だが、その発言途中で喉が痛くなり、「うっうん」と軽く咳払いをした。

「散歩? しなくていいよ。喉痛いんでしょ。抱っこしながら咳をしたら、よくないから。わかちゃんに、うつしちゃう」

「大丈夫だよ。気をつけるから」

「後で私が行くからいいよ」

「大丈夫だよ」

と言いながら、私は若葉をひょいと持ち上げた。

「お散歩行こう。ねー、わかちゃん」

と言ったが、やはり喉がひりひりして、えへん、と空咳が出た。

「ほら、咳してる。やめて」

と同時に、若葉がうわーっと泣き始めた。

私の腕から出たがっている。落ちそうになる。妻が近寄ってくると、若葉は、手を妻の方に大きく伸ばす。

私は若葉を、妻に渡すしかない。

完全な敗北。

頭が痛い。いらっとする。喉も痛い。

「じゃあ、もう大学に行くよ。家にいると悪いから」

皮肉めいた言い方だと、自分でも思った。妻はどう受け取っただろう。私の頭はよく回っていなかった。


空は曇りだった。大学までの道すがら、母から電話。自転車を降り、電話を受ける。

「あれ？　鼻声？」

と母。タイミングの悪いときに電話をくれるものだ。

「ああ、ちょっと」

「かぜ？　気をつけて。赤ちゃんにうつすと大変だから」

「わかったよ」

……また俺の心配より、若葉の心配か。

電話の用件は、採れた野菜を送る、というもの。さやえんどう、いんげん、オクラ、みょうが、生姜など。

「夏のものが採れたからね。たくさん食べてちょうだい」

「ああ、ありがとう」

妻から先日言われたことを、急に思い出す。

「ところでさ、こないだのことだけど……」

――妻はあのとき大して揺すってなかった。今どき、抱き癖がつくなど古い。父のタバコは気を付けてほしい。

母は珍しく、すまないという口調で、うんうんと話を聞いた。

「そうね。悪かったね」

と、素直に反省。いつもの母だったら、反論してもおかしくなかったのに。

母が電話を切ろうとしたそのとき、最後に私は、

「あ、待って。野菜、ありがとう」

と、伝えた。

電話の後、後悔。今言わなくても良かったかもしれない。もっとうまい言い方があったかもしれない。

曇った空を眺めながら、自転車を押した。喉がひりひり痛む。

＊

大学に着く。研究室でしばらく雑務。午後からは国際委員会の会議。

国際委員会では、短期留学プログラムのことを話し合う。毎年秋に、希望者が渡航するが、現在までの応募者数を確認。

上松先生と栗林先生が一緒に出席した。

会議を終えると、まず上松先生に、昨日、榎藪先生と交代した件を伝えた。

上松先生は口髭を撫でながら、

「……お話をうかがうに、奥様が家にいらっしゃる日であれば、衝羽根先生は家庭の人材として不要です。他者のご家庭に干渉する権利は私にありませんが、果たして今、ご家庭に二人ぶんの労力が要るのか。まあ、榎藪先生が承諾されたのなら、私は異論ありませんが」

……論理的には鋭いご指摘。ですが、私の手も必要です。私がやれば、妻は休めるのです。わからない事情かもしれませんが。

次に、栗林先生は、いつも通りふんわりしたスカート姿。

元気よく、私にたずねてきた。

「こないだのメッセージカード、奥さんに渡してくれた？」

にこにこしている栗林先生に、私は榎藪先生との交代の話をした。栗林先生は急に真面目な

顔になって、

「仕事と育児は両立できるのよ。慣れるしかない。衝羽根さんは、今、仕事から逃げようとしているように見える。今回はそれでいいけど、自分を甘やかしちゃ駄目」

……厳しい。俺、体調良くない。大変なんです。でも、お子さんが五人もいて実践してきた人に、反論はとてもできない。

学部長にも念のため報告しておこう。八重柏学部長の研究室に向かった。

ドアをノックすると、はい、どうぞ、と声がする。

「おお、衝羽根くん、どうした?」

とロマンスグレーの学部長が、座って書類にサインをしていた。

「お忙しい中、すみません」

「ああ、雑務ばかりだよ。サインしてばっかり。今日はなんの用? なんだか景気悪そうな顔だね」

と、にやける。

「実は、今度の推薦入試ですが……」

榎藪先生との交代の件を伝えた。

実際の利害は、榎藪先生本人だけのはずなのに、他の先生たちは厳しい反応だった。学部長はどう反応するだろうと思いながら話すと、あっさり、

「まあ、今回はいいんじゃない」

ほっとした。

「だけど、やり過ぎると、嫌われるよ」

目は笑っている。

「個人的な都合は、みんなあるから。子どもだけじゃなく、親が死ぬとか、離婚するとか」

「……そうですね」

「仕事は仕事だから、やってちょうだい」

「……はい、わかりました」

私は部屋を後にした。

意外と厳しくなかった。だが、この人に赤ちゃんを世話することの大変さは理解できないだろう。心の中で思った。


研究室に戻った。まだ明るい。

蓮人に電話をした。蓮人もちょうど用事を済ませたところだった。

居場所が遠くなかったので、商店街のバーで待ち合わせ、軽く飲むことにした。私が着いて間もなく蓮人はやってきた。

今朝から喉の調子が悪く、それを妻に批判され、若葉の散歩に行けなかったことを話した。

また、職場で他の教員たちが、自分の利害と関係ないのに冷たいことも伝えた。「子育て世代のパパたちをサポートすべき」なんて世間は言うけど、まだ雰囲気ができてない、と。

蓮人はいつも通り、相槌を打ちながら、親身に耳を傾ける。蓮人に話すとすっきりする。

小一時間経ち、そろそろ締めにするか、と勘定を用意し始めたとき、蓮人は、

「今日、俺、午後仕事を休んだんだよ」

おとなしく、こう続けた。

「さっき、病院に行ったんだ」

「え、蓮人、どうした？」

「子どもができないから、検査した」

どうやら一年以上、子どもをつくろうとしているのに妊娠しないらしい。先日、妻の優季さんが検査を受けて、異常なかった。なので、今日は蓮人が受けた。

「俺、今日、異常なしって言われた」

蓮人はがっかりした様子。

「えっ、異常なければ、よかったじゃん」

「いや、異常『なし』だよ。なのに、妊娠できないんだよ……。それって、何すればいいのかわからないってこと」

そう言われるとそうだ。私は何も言えない。

勘定を払い、二人とも店を出た。

「じゃ、俺はこっち」

と蓮人は言うと、すっと歩いて行った。

私は「じゃ、またね」としか言えず、蓮人の後ろ姿を眺めていた。

＊

それから何日か過ぎ、梅雨明け宣言。晴れ。暑い。

喉の調子は良い。でも変わらず頭が重い。昨夜、若葉が夜泣きをし、頻繁に起こされた。頭が痛いのは、いつものこと。

今日は、若葉を連れて散歩。午前の空気がおいしい。

休日に家にいると、妻と険悪になる。オムツ替え、抱っこ、入浴、着替え、寝かしつけ、爪切り――若葉の世話は多々ある。妻は何かするたびに疲れている。

私が代わりにやろうとする。妻は積極的に「じゃあ、やって」と言うときもあれば、「やらなくていい」と否定するときもある。ぴりぴりした空気が家の中を占め、僅かなきっかけで言い合いになりそうな状態が通常。

それにしても、些細なことで言い合いになる。

今朝もそうだった。――出てくる前に、私は日焼け止めクリームを若葉に塗るのを忘れた。

靴を履き、玄関を開けたところ、

「日焼け止め、塗ってー」

と妻が家の中から叫ぶ。たぶんキッチン辺りにいたのだろう。

「いいよ、もう。わかちゃんに帽子被せたし。俺も靴履いた」

「よくない、塗ってー」

「……どこにあるの？」

「いつものところー」

「それってどこ？」

「いつものところよー」

それがわからないから、聞いてるんじゃないか。

「え？　どこ？」

「もー、わかるでしょー」

苛立った言い方に聞こえる。妻は相変わらず家の中から叫ぶ。ここに出て来て、教えてくれればいいじゃないか。

「わかんないよ」

と独り言のようにつぶやきながら、靴を脱いで、妻のいる場所に向かう。妻は鍋を火にかけていた。ガスを止めて、来てくれればいいじゃないか。

結局、玄関の戸棚の中に、日焼け止めクリームは置いてあった。そこが妻の「いつものところ」らしかった。「前に説明した。覚えてよ」と言われた。

若葉が生まれて、それまでなかった持ち物が増えた。しまう場所も増えた。

家を出てしまえば、解放感を味わえる。若葉を連れて散歩する時間は、心が軽い。

若葉を抱っこ紐に入れ、お腹にくっつけて歩く。感触が柔らかく、温かい。

*

大学は夏休み。相変わらず、家の中はぴりぴり。

リビングが暑い。クーラーは赤ちゃんによくないとかで、なるべく温度を下げない。抱っこすると、余計に暑い。私も若葉も、汗でべっとり。

授業期間は大学に行く用事があったが、夏休み中は基本的に業務がない。自由に研究室に行き、自分の仕事をしてくるだけ。

この時期に、研究を進めねば。秋には学会の大会があり、そこで今年も発表する予定。その資料づくりをせねば。

「午後、大学に行って研究をしてくる」

私は妻に言った。

「授業ないんでしょ、家でできないの？」

と妻。——家にいて険悪になるなら、外に出た方がいいじゃないか。内心思った。

「いや、家でもできるけど」

「じゃあ、家ですれば」

「でも、研究室に資料があるし」

妻は黙っている。汗が流れている。私は、

「何かあったら、電話して。すぐ帰るから」

と言い、玄関に向かう。妻は、

「私だって仕事に行きたい」

とぽつり。私は立ち止まる。

「行きたいけど、私は行けない」と妻。

「まあ、育休中だから」

「私は休まなきゃいけなくて、あさは仕事を続けられて、生活が変わらなくて。そんなの、不公平じゃない？」

「何が不公平なの？　俺の生活は変わった。家にいる時間は増えたし、家のこともしてる」

「でも、職場に行ける」

そう言われても困る。どうにも話がまとまらない。途中だったが、

「暗くなる前に帰る」

とだけ告げて、家を出た。


人のいないキャンパスに着いた。蒸し暑く、もわっとする。

研究室に入る。写真が目に入る。十五夜のときに蓮人に撮ってもらった、妻と二人の写真。

二人とも、いい笑顔。

今は、毎日けんか。すぐに言い合い。すれ違ってばかり。

……俺たちは、どこに向かっているのだろう。

私は写真を見て、しばらくそこに突っ立っていた。頭がもわもわした。

＊

相変わらずの日々が過ぎ、九月になった。

秋学期が始まった。

寝不足や断眠から来るであろう頭痛は、もう持病といっていい。ない日はない。当たり前になった。

今学期は、授業の前に、研究室で昼寝をすることにした。そうでもしないと、頭がもやもやして、授業にならない。昼寝といっても、電気を消して十分間ほど目を閉じ、体を楽にするだけ。

ゼミの教室。

夏休みは、これまでにないほど家にいた、それは娘の世話をするためだった、などを、ゼミ生に話した。

武勇伝と言っては大げさだが、今どき、マスコミも「育児をする父親」をヒーローのように取りあげる。母親以上に家事・育児をするお父さんを特集する番組を観たことがある。私だってそういう父親に負けていない。

ある女子学生が言う。――栗林先生の家族社会学の授業で、話を聞きました。古い価値観の男性は家事・育児を女性に押し付けてきたけれど、これからの世代は家事・育児をするのが当たり前だという世論調査の結果が出ていて、それを見せられました。

別の男子学生も言う。――柊先生の政策科学の授業で、日本の政策の遅れが批判されました。例えば北欧では、父親が育休を取るのがもう当たり前で、男性と女性が平等に社会進出しています。

今どきの学生が、一昔前の人たちと違う意識を持っていることは明らかだ。私も、学生たちの期待に背かない生き方をせねばならない。

栗林先生と柊先生の言うことは、ありきたり――学生にはともかく、少なくとも研究者である私には――、完全には同意できないし、私はそういう教えを学生たちに一方向に伝える意向はない。

ただ、学生は教師たちの言葉を受け止めながら、自分の道を描いていく。だから、私は主義主張を明言するのでなく、「一人の夫であり父親である、生きた事例」を伝える。私が学生たちにしたいのは、それだ。それ以上のことは、学生が個々に考える。

ゼミ後に研究室に戻ると、久しぶりに蓮人が来た。

「おう、どうした?」

と私が声をかけると、

「近くで用事があって」

と蓮人は、照れたように笑った。

蓮人と話をするのは、こちらとしては歓迎なのだが、なんせ、前回うまく不妊の話を聞いてやれなかった。その後、声をかけにくかった。

——子どもがいるのも人生、いないのも人生。まだこれからじゃないか。

そういえば、発達心理学の野三杉先生だって、何年もかかって妊娠にこぎつけたと聞いた。

「苦労してできた子は、かわいいよぉ」と、眼鏡を上げながら笑顔で語る野三杉先生を知っている。よし、それを蓮人に伝えよう。

「蓮人、こないだのことだけど」

私は単刀直入に切り出す。続けて、

「うちの大学に野三杉先生って人がいて……」

と言い終わる前に、蓮人は、

「妊娠したんだよ」

私は耳を疑う。

「えっ?」

「妊娠がわかったんだよ、昨日」

と蓮人は嬉しそう。

「昨日？」

「そうなんだよ、エコーで見た。確実だ」

「……よかったね」

――なんでも、ここひと月ほど、奥さんの具合がよくなくて、家を空けられなかった。生理を待っていたがなかなか来なくて、もしかしたらと思って昨日、産婦人科に行ったら、妊娠が確認された。

蓮人の表情は、長雨が止んだように晴れていた。

「じゃ、お祝いに、軽く飲もうか」

と私は誘う。

「いや、やめとく」

蓮人は、にこやかに、

「まだ生まれたわけじゃないし。早めに帰ってあげないと、優季の体調がまだ優れなくてさ」

それもそうだ。痛いほどわかる。

この日は、すぐに引き上げ、途中まで一緒に歩いた。

私は嬉しかった半面、何かを失ったような気がした。蓮人に「よかったね」と何度か言いながら、完全にそうでもない感情が心のどこかにあった。笑顔で伝えたつもりだが、顔に出ていただろうか。

子どもを持つことの、意外な影響もある。

……蓮人という、私の大事な心の拠り所が変化しそうになっている。——これまでのようには、融通をきかせてくれないだろう。少なくとも、私が遠慮せねばならない。

はっきりとわからなかったが、よかったね、という単純な言葉で処理しきれない気持ちだ。

蓮人を見送りながら、その弾む背中を、ただ眺めた。「よかったね」と、後ろ姿にもう一度つぶやいたが。


家では、相変わらずの日常。

妻は私に、時に無言、時に言動をはっきり否定。ぴりぴりした雰囲気が漂う。私はすべきことをやっていると思う。もっと家のことをしない男性だって、世の中にたくさんいる。なぜ妻がこうなのか、わからない。

感謝の気持ちなど、まるで伝わってこない。

なんのために、一緒の場所で生活しているのだろう。

なんのために、一緒に子育てしているのだろう。

……ひとりの方が、気が楽？

＊

最近、若葉を連れて〈すずのね〉に行くようになった。

〈すずのね〉は、近所の子育て支援センターの中にある部屋だ。赤ちゃんと親が自由に出入りできる。赤ちゃんを遊ばせられる空間。壁には、鈴の絵が描かれている。床には柔らかいマットが敷かれている。

大学に出講しない平日の午前中、若葉と二人で、散歩の途中で、この〈すずのね〉に来る。家では他に子どもがいないが、ここに来れば他の子がいる。若葉は他の同世代の子たちをじっと見ている。お友達の動きに興味津々。

ここは、いつ来ていつ帰ってもいいので、気が楽。その反面、知り合いができにくい。

ママ同士がもともと友達で、一緒に赤ちゃんを連れてくる人たちはいる。しかし、ここで新規に友達をつくるのは難しい。知らぬママ同士が、話していない。いや、声ぐらいはかけるが、連絡先を交換するほどの仲に至らない。

ママ友か……。妻も私も、出身がこの町ではない。同じ境遇の同じ世代の友人が、この町にいない。

あのママも寂しそうだ。ショートカットの小柄な色白の女性。ジーンズ姿。よく見かける。

——あの女の子のママだ。若葉より少し大きい。もう両手を離してしっかりお座りができる。

ふと壁にかかった時計が目に入る。あ、お昼になりそうだ。そろそろ帰ろう。

「わかちゃん、帰ろう」

と、若葉に声をかけた。

＊

今日は教授会。大学の会議室。

いつものように議題が進む。もうすぐ終わりそうだが、この後、先生方に謝罪せねばならない。

実は、前回の教授会を急に休んだ。それを謝らねばならない。

——前回教授会の日、ぎりぎりで家を出ようとした。リビングを出て、玄関に行った瞬間、若葉を抱っこしてリビングで立っていた妻が、突然、叫んだ。

「わかちゃんが変っ」

たしかに若葉がほっぺを膨らませて、目が大きくなっていた。いつもはこんな顔をしない。

若葉は、嘔吐した。

げー、げー、げー、と三回、出した。床に、ばしゃばしゃ飛び散った。

「きゃー」

と妻は慌てた。私も、

「あぁっ」

と叫んだ。私は急いでトイレに行き、トイレットペーパーを持ってきて、床を拭いた。妻は若葉の背中を、「大丈夫？　大丈夫？」と言いながら、さすっている。

床を拭き終え、私は妻に言った。

「医者に行こう」

「どうしたんだろ、どうしたんだろ」

妻は、財布と保険証など、最低限のものを持つと、靴を履いた。その間、私が若葉を抱っこ紐の中に入れた。

自転車で数分のところに、いきつけの小児科がある。二人とも自転車を飛ばした。

——かなり待たされた。受付の人に「急診でお願いします」と伝えたのだが、状況を伝えると、さほど驚きもせずに「お掛けになってお待ちください」と言われた。妻は「離乳食に何か、ばい菌が入ったかな」と、おどおど。私も不安。

結局、理由は特定できなかったが、ノロやロタのようなウイルスではないことがわかった。熱もない。処方薬もなく、安静にして様子を見ることになった。

ひとまず安心。

離乳食を始めたばかりなので、まだお腹が慣れていないのか。それとも、飲みすぎか食べすぎか。と、医師から説明を受けた。

家まで、ゆっくりと自転車を押して、歩いて帰った。途中、妻が若葉に言った。

「わかちゃん、食べすぎ、飲みすぎに注意しましょうね」

家に着き、私は思い出した。

「あっ、教授会っ」

すっかり頭になかった。時計を見ると、もうとっくに始まっていた。

「今日は、もういい。欠席の連絡をする。わかちゃんに、まだ何があるかわからないから、家にいる」

――こんな騒動で、前回は事前連絡できずに、無断欠席した形になった。


今日の教授会が終わった。

先生方には順に、事情を説明して前回のお詫びをする。

上松先生は、口髭を触りながら、

「突然のアクシデントはいつでも、あり得ます。それは仕方ありません。ただ、二人で受診に行く必要はなかったのではありませんか。私が口を出すことではありませんが」

――たしかに。結果的には、それが正論です。あのときは夢中でした。お子さんがいないと、わからないかもしれませんが……。

野三杉先生は、チノパン姿。眼鏡を指で上げ、いつもよりも笑顔を弱くして、

「もうお子さんは首の据わった月齢です。衛羽根さん自身は、腰を据えていいと思います。堂々と仕事をしながら、お父さんとしての役割を果たしていいのです」

――ピンと来ない。野三杉先生の笑顔が弱いのが気になった。あまり見ない表情。

柊先生は、白いシャツに淡いスカート、今日も端正な出で立ち。ぴしっと言い放った。

「できる人は、子育てしていても、本業のパフォーマンスを下げないものよ。今どき、男性も

女性もね。衝羽根先生は、そういう人かと思っていましたけど」

栗林先生と榎藪先生は、一緒にいた。

栗林先生は、いつものふんわりしたスカート姿。私が話しかけると、急に真面目な顔になり、厳しめの口調で、

「あらら、子どもって、原因不明の体調不良、よくあるのよ。奥さん、強くなったでしょ。責任感が出てきたでしょ。衝羽根さん、家事は、やらなきゃ駄目よ。ちゃんとやってる？　この時期やらないと、奥さんはすぐ機嫌悪くなるわよ」

私も家事をしています。しているのに、妻の機嫌が悪くなるのは、なぜでしょうか？　聞こうと思ったが、説教が長くなりそうで、やめた。

丸顔の榎藪先生は、相変わらず汗をかきながら、

「大変でしたね。お子さんがご無事で何よりでした。教授会は後で内容をフォローされれば、問題ないと思います」

――懐が深い。ありがとうございます。今後の教訓とします。

八重柏学部長にも挨拶した。

先日は長々とメールで詫び状を送ったが、響いただろうか。

「ああ、あの件ね。他の先生は、なんて言ってた？　衝羽根くんさあ、最近仕事さぼってるふうに見られてるみたいよ。噂で聞いた。子育てをカードにしすぎるのは、評判よくない。まあ、みんなとは、うまくやってよ」

評判よくない？　こっちは一生懸命やってるのに。子育てする男性に優しい社会なんじゃないのか、今は？

会議室を後にした。どっと疲れが出た。足早に歩いた。

やっと家に帰れる。でも、家に帰るのも、実は素直に嬉しくない。今日は妻の機嫌がいいだろうか。けんかをしないで済むだろうか。

自転車置き場に来た。でも自転車に乗らずに、押して歩きたい。ゆっくり、少しだけ遠回りをして帰ろう。

川沿いの道を歩いた。秋の夕暮れが、真っ赤だった。ゆっくり帰った。

＊

今日は授業のない日。〈すずのね〉に、若葉と二人で遊びに行く。

ショートカットの小柄なママは、今日もいる。いつも通り、ジーンズ姿。肌が白く、童顔で、おとなしそう。

今、他に誰もいない。

彼女は伏し目がち。お子さんは、あーあーと言いながら、ブロックをいじっている。若葉も、近くでブロックをいじっている。

三十分ぐらい、この状態だっただろうか。

私は、思い切って、このママに声をかけてみる。

「まだゼロ歳ですか？　うちの子よりも少し大きいですね」

「あ、はい。ゼロ歳です。四月生まれです」

彼女は、慌てて、私を見る。

「そうですか。うちの子は五月生まれなので、あまり変わりませんね」

「五月生まれですか。ひと月違いですね」

彼女はにっこりして、若葉に優しい笑みを向ける。私は彼女に親しみが湧く。

「こちらに長いんですか？」

私は根拠もなく、たずねる。

「いえ、長崎県出身です。佐世保です」

佐世保には、幼少の頃に家族で旅行した。父は「九十九島はきれいだ」と絶賛した。私も気に入った町。

そのことを伝える。彼女は笑う。「佐世保に行ったことのある人に、この町で会ったことがなかったので、嬉しいです」と声を高くして言う。

そんなきっかけで話をするうち、このママはこの町に知り合いがいないことを知る。旦那さんが毎日遅いことも、日中はここに来ると気が楽になることも。

ママ友をつくるのは難しいです、とも。

お子さんは「まいちゃん」という名前。彼女は、

「わかちゃんですよね」

と、うちの娘の名前を記憶していた。私は驚く。

「パパさんが平日にいるのは珍しいでしょ。わかちゃん、と呼ぶのを聞いたことがありました」

と若葉を見ながら言う。

「かわいい名前だと思っていました」とも。

この人と話せた。この女性は、家でどんな人なのだろう。旦那さんに不機嫌になったり、怒ったりするのだろうか。それとも、こんな感じで、いつも穏やかに接しているのだろうか。

まいちゃんのママ、佐世保出身の人。

いつも通り、お昼になる頃に〈すずのね〉を出た。帰り道、トンボが心地よさそうに踊っていた。

＊

今日は、大学の図書館に本を返しに来た。館の入り口には、秋らしくススキが花瓶に飾られていた。新刊コーナーの前を通り過ぎるとき、ふと一冊の本が目に飛び込んできた。

本の題名は、『離婚式をしよう』だった。

思わず手を伸ばし、中身を見ると、まずは、何例かの離婚した人の経験談が書かれていた。

その中に「子どもが生まれて夫婦仲が悪くなり、離婚した」という女性の話があった。私は読んだ。

「我が子が生まれてから、夫に腹が立つようになった。やることなすこと、嫌になった。我が子の可愛さと正反対に思える」

……耳が痛くなるような言葉。

「まだ子どもはゼロ歳だったが、夫に見切りをつけた。離婚を決め、離婚式なるものをすることにした。式当日は、みんなを集めて、これから私たちは別々の人生を歩いていく、その報告をした。今は離婚をしてよかったと心から思う。子どもと二人で自立した生活を送っている。周囲も認めている」

また別の例に、男性の経験談があった。

「娘が生まれてから、僕たちは変わった。以前持っていたはずの、好きという感情が、僕の心から消えた。いや、妻の心からも消えた。その頃、僕はある女性と知り合った。その人と密会するようになった。惹かれていった。僕は離婚を決めた。娘を失うのは心苦しかったが、決断した。離婚式の存在を知り、準備を進めた」

……これ以上、読めなかった。

離婚式。

仮に。――俺たちが離婚という選択をしたら、どうだろう？「式」というものをするのだろうか？

どちらが、今の家に住むのだろう？　若葉はどちらが育てるのだろう？

二人とも、別のパートナーを見つけるのか？　仮にその相手と生活して、若葉はどう成長していくのか？

――そんなことを思いながら、キャンパスを歩き、研究室に入った。

また、あの写真が目に飛び込んできた。十五夜の日、妻と二人の写真。二人とも満面の笑み。背景にススキ。この写真を撮ってから、一年経つ。

また思う、俺たちはどこに向かおうとしているのだろう。欲しかった子どもを、ようやく手に入れたんじゃないか。二人で一緒に、心待ちにして、準備してきたじゃないか。

どこからこうなったのだろう。生まれてから、二人に何があったのだろう。

俺はこの人を選択して最善だったのだろうか。他の女性だったら、どんな子育てをしていたのだろうか。

何人かの女性たちを、思い返す。あの人だったら、どんな子育てをするだろう？　あの人と一緒だったら、どんな子育ての日々を送るだろう？

付き合う相手でなく、「一緒に子育てをする相手」として、私の妻は、私にとって最適だったのだろうか。

足が、わずかにがくがくした。……弱い地震が来たときのよう。少し、平衡感覚を失った。

＊

今日は、学会の大会。一年前と同じ会場にいる。

毎年秋に開かれるこの大会。昨年も発表した。あれから一年。

昨年を思い出す。あのときのテーマは、学生が就職先を決める際、他者の基準にどう合わせるか、だった。世間の評判を、学生たちがどう気にするか。

今回のテーマは「就職先の選択と、自己満足感」だ。つまり、学生自身の気持ちに焦点を当てた。他者の基準ではない。自分自身の満足。

学生データを用いて、統計的な分析をした。

自分が満足できないと、いくら他者の基準で満たされていても意味がない。いわば当たり前の結論。意外性に乏しかったかもしれない。発表後の質問は少なかった。

……そうだ。思い起こせば、去年の私は、もっといきいきとしていた。その先に控えた出産を楽しみに、前を向いていた。一年経った今、どうだろう。子どもは生まれた。なのに、私は今、前を向いているだろうか。

今年も日帰り。なぜか早く、妻と娘の元に帰ろうとしている。

＊

体と心にむちを打ち、大学と家のことをこなす日々が続く。

寒くなってきた。風が冷たい。

若葉には、白い毛糸の帽子を被せる。よく似合う。

今日は〈すずのね〉に来て、まいちゃんママに会う。子どもはかわいい。若葉が上手にお座りできるようになった。あーあーと言いながら、手を動かし、ブロックをいじっている。隣にまいちゃんがいる。

まいちゃんママの日常を聞くことが新鮮だ。

離乳食に苦労しているらしい。すりつぶして食べさせるのだが、なかなか食べてくれない。そっぽを向いてしまう。好き嫌いがあるのだろうか。いつか、まいちゃんが自分で食べるようになるのだろうか。彼女の、そんな悩みを聞く。

私のあったことも話す。うちの子は、ひどい嘔吐をしました。あのときはびっくりしました、大変でした。こんな話を、緩やかな気持ちで話せる。あのときは無我夢中だったが、彼女には、笑みを見せながら話せる。

帰り道、私はうきうきと歩く。

毛糸の帽子を被った若葉は、抱っこ紐の中から、私の目をじっと上目遣いに見つめる。ほっぺが赤い。優しい顔だが、目は真面目で、何か言いたそう。「パパ、まいちゃんのママと話すと、楽しそうだね」と言いたそうに見える。じっと見つめる若葉の目が、私の目の奥に残る。

——そうだ。そういえば、蓮人はどうしたろう。

歩きながら、電話してみると、すぐにつながった。あちらはあちらで妊娠生活が忙しそうだ。いろいろ気を遣うことが多いよう。「じゃ、体に気をつけて」と言い、電話を切った。

缶ビールでも買おうとして、商店街の酒屋に立ち寄った。そこでラジオが流れていた。悩み相談の番組で、女性が離婚の相談をしていた。「旦那にイライラしてしまう」と早口に語っている。

私はすぐに支払いを済ませ、そそくさと店を出た。聞きたくない早口。耳の奥に残る前に、店を出たかった。

＊

やがて春になり、新しい年度を迎えた。

若葉は立ち上がって、よちよちではあるが、歩き始めた。

私は、相変わらず、大学のことと家のことをこなす。些細なことで妻と険悪になる。これも変わらない。

しかし、変わったこととして、妻が職場に復帰した。平日の週二回。私の研究日——自宅にいる日——に妻が仕事に行くので、若葉を保育所に預ける必要はない。

私の研究日は「子守日」になった。

子守日には、妻の帰宅までの日中、私が若葉の世話をすることになった。

〈すずのね〉に、よく行く。まいちゃんママと会う。ただの世間話だが、至福のひと時を味わう。

まいちゃんと若葉は、二人とも歩ける。けんかせず、いつも仲良く遊んでいる。

＊

何度目かの子守日、夕方、妻とけんかになった。

妻が仕事から帰ってくるなり、若葉は妻に飛びつき「抱っこして」のポーズをし、母乳を飲みたがる仕草をした。

「ちょっと待って、まだ手洗いをしてないの」

と妻は、嫌がった。

妻はすぐに手を洗って戻ってくると、授乳させた。伏し目がちに一点を見つめ、疲れた顔をしている。汗がしたたる。

「ああ暑い。授乳してるときって、何もできない。帰ってきて、すぐにやることが山ほどあるのに」

と妻は脱力した声で、苛立ちを隠さずに言う。続けて、

「いたっ」

妻が叫んだ。

「もう、噛まないでって言ったでしょ」

と若葉を叱った。どうやら、最近、歯で乳首を噛むことがあるらしい。

むふふ、と若葉は笑みを浮かべ、また飲み始めた。

間もなくして、また噛んだのか、

「いたっ。もう駄目、飲まないで」

と妻は強く言って、若葉を鋭く睨んだ。

若葉は泣いた。うえーんと声を出して、私の方に歩いてきた。私はかちんと来て、若葉を抱っこした。

「そんな言い方することないでしょ」

私は若葉をかばった。

「痛いんだよ、わかんないでしょ」

妻は激しく言い返した。

「いや、痛いと思うけど。でも、睨むのは良くないよ」

「わざとだよ。わ、ざ、と。教えるために、わざと怖い顔した」

「そうは、見えなかった」

「うるさいな、私のすることに口出さないで」

「いや、疲れてそうだし、怖い顔に見えたよ」

「疲れてない。うるさいなあ、もうっ」

この後、何を話したか覚えていない。二十分以上言い合いをした。疲れた。若葉をお風呂に入れる時間が来たため、けんかをかろうじて終えた。だが、私には無力感が残った。本当に疲れた。

どうしたら、こんな言い合いをしなくて済むのだろう。私はどうしていたら、よかったのだろう。若葉の体を洗った。だが、上の空だった。

＊

今日も子守日。

もう何度も子守日を過ごした。妻は仕事に出る。私が子守りをする。この生活が続く。

朝の諸事を一通り片付けると、若葉を連れて〈すずのね〉に足を運ぶ。

青空が気持ちいい。道すがらに白百合の花を見つける。大きな白い花が一輪、真っ直ぐこちらを向いている。

〈すずのね〉に到着すると、他のママたちは何人かいるのに、まいちゃんママはいない。少しがっかりだが、そのうち来てくれるだろう。

お昼近くまで遊ぶ。他のママたちは帰り支度を始める。私と若葉だけになる。

「今日は、まいちゃん来ないのかな。もう帰ろうか」

と言い、散らかしたブロックを片付けようとしたとき、まいちゃんとママが目に入る。

私は嬉しさを見せないよう、気づかぬ振りをして、片付けを続ける。

「あ、もう帰るんですか？」

と、まいちゃんママが私にたずねる。続けて彼女は言う。

「急に、やらなきゃいけないことがあって、遅くなってしまって」

私は嬉しさを隠すように、

「いや、片付けていただけです」

と、咄嗟に答える。

いつものように、若葉とまいちゃんは遊び始める。

まいちゃんママは不思議な人だ。愚痴を言わない。でも、何か私生活が満たされていないだろうことは、察しがつく。それでいて、話すと癒される。

知りすぎる必要はない。私も、妻のことで愚痴を言わない。彼女の負担になってはいけない。私が彼女に好意を持っているか否か、あるいは彼女が私をどう思っているかなど、考える余地はない。どちらにも配偶者がいる、子どもがいる。私は彼女に興味がある。

なんだ、この感覚は……。今まで味わったことのないものが、まいちゃんママといると自然に湧いてくる。

彼女が言う。

「今日、昼食の準備をしてくるのを忘れました」

私は聞き返す。

「え?」

「今日、昼食の準備をしてくるのを忘れました」

もう一度、彼女は言う。

「ああ、そうですか」

と言いながら、どういう意味だろうと思う。

「急いで出てきたので」

「ああ、そうですよね」

それはそうだ。急なことをして家を出たと、来たときに言っていた。

「まだ来たばかりで、すぐ帰るのもなんだし、どこかで何か買って、公園に行って食べようかな」

彼女は語尾をやや弱めて話す。続けてこう言う。

「わかちゃんは、どうしますか?」

天気はいい、公園で食べたら気持ちいいだろう。どうせ家に帰っても、あるもので間に合わせるだけだ。

私が返事をするより前に、彼女が、

「天気もいいし、公園で食べたら気持ちいいですよ。おうちに何か準備してありますか?」

と、見透かすようなことを言う。

一緒に行きたい。でも、即答したら、いかにも嬉しいことがわかってしまう。

「わかちゃんも一緒にどうですか?」

と、彼女はたずねる。

私は返事をする。

「いいですね、一緒に行ってもいいですか？」

最寄りのコンビニで昼食を買う。若葉にはおにぎり、私はサンドイッチ。まいちゃんたちはどうするんだろう。

「何にしましたか？」

と私はたずねる。

「まだ決まらなくて。……何がいいですかね？」

「おにぎり、うちの子は好きですよ」

と言うと、まいちゃんママもおにぎりを握りしめ、レジに向かう。

「食べてくれるといいな」

抱っこ紐に子どもを入れ、一緒に近くの公園まで歩く。

公園に着き、ベンチに座る。一緒に食事をする。緑がきれいな公園。とてもいい空気。

こんなに美味しい昼食は、いつ以来だろう。

帰り道、空気がほのかに甘く、暖かい。異性との関係が進展することなど、いつ以来だろうか。

家に着いて、洗濯物を取り込んだ。

夕方、妻が帰宅した。昼食をまいちゃんたちと食べたことは、言わなかった。

やましいことをしたわけではない。妻だって、このぐらいのことで青筋を立てるような人ではない。ただ、言う必要がないと感じた。それだけ。

若葉は、妻に今日のことを伝えられるほど、まだ話はできない。ならば、私も言わなくていい。

*

大学での授業。

最近、学生に、私が家事・育児をしていることを自慢するのが、嫌になってきた。虚しい。

昨年度までは喜んで報告していた。それを聞いた学生たちの反応を聞くのも、楽しみだった。家事・育児をしている父親はカッコいい、それを後ろ姿で見せている。そう疑わなかった。学生たちは憧れてくれる、応援してくれる、そう信じてきた。

しかし、違う気がしてきた。

妻との関係が悪いならば、私はカッコよくない。

誰に褒められようが、毎日顔を合わせる妻が認めてくれなかったら、意味がない。心の奥底に、そのわだかまりがある。学生に話さず、気づかないフリをしてきたが、やはりある。

今年度に入ってから、私は学生たちの前で言うことを変えた。

自分のしていることを「素晴らしいこと」「理想的なこと」として、武勇伝のように語るのではない。むしろ、素直に、うまくいかないこともあることを伝える。自分が、もがいていることを伝える。それが、ありのままの姿だから。

妻が今、私のことをどう思っているか、わからない。私に好意を持っているのか、なんて、到底わからない。うまくいく日もあれば、いかない日もある。その繰り返し。

うまくいかない経験を話すのは、カッコ悪い。だが、一人の生きた事例を報告し、学生に何かを学び取ってほしいのであれば、こんな側面があることも伝えておきたい。いや、単に愚痴を言っているだけかもしれない。

学生たちはどう思っているのだろう。以前のようにすぐの反応はない。このところ四月から私はこの論調。もう二か月以上。

久しぶりに蓮人に電話する。

「もう優季さんは臨月だろ。俺にやれることがあれば、遠慮なく話してよ」

と私は伝えた。

「ありがとう、何かあればお願いする」

と蓮人は穏やかに応えた。

これまで私は、蓮人に話を聞いてもらって救われてきた。借りがある。蓮人は、

「来週、出張することになった」

と言う。

「車で、あさの実家の近くに行く予定ができた」

嬉しそうに、続けた。

「さっき、そのことを、あさのお母さんに電話したんだ。そしたら、帰りに寄ってね、と言われてさ。新じゃが持って帰って、と。最近ご無沙汰だから、お言葉に甘えて、ちょっと寄らせてもらうことにした」

「ああ、そうなんだ。蓮人の実家には寄らないの？　隣町でしょ」

「今回はいいよ。時間ないから」

「ふうん、そっか」

「片道一時間の運転。俺、運転あまり好きじゃないんだけど」

蓮人は言いながら、ははは と笑った。すると思い出したように、こう続けた。

「そうだ、あさの家のぶんも持って帰ってと、おばさんが言ってた。たくさん採れたからって」

「それはありがとう。お願いするよ。来週、俺が蓮人の家に取りに行く」

と約束した。

＊

翌週、梅雨入り。小雨の日の、夕方。

自転車を押しながら、大学から傘を差して帰る途中で、優季さんから着信があった。いつ生まれてもおかしくないと思っていたが、もう生まれたのか。

電話に出ると、

「蓮人が、蓮人が！」

と優季さんが慌てている。

「えっ、なんですか？」

「今、病院です！」

病院の場所を聞き、そのまま私は自転車で向かう。傘を差さずに。

十分足らずで病院に着くと、優季さんがいる。蓮人は集中治療室にいるという。廊下で事情を聞いた。

――今日、蓮人は車で出張に行った。帰る途中で、事故に遭った。家に戻る前に、私の家に寄る途中だった。救急車で搬送された。

意識不明。

……じゃがいもは、俺が来週取りに行くって約束したじゃないか。

祈る気持ちで、病院を後にした。祈ることしかできなかった。

＊

翌日、優季さんがうちに来た。まだ続く雨の中、歩いて。

すぐに帰るから玄関先で失礼すると言った。お腹が大きい。

蓮人はまだ集中治療室。意識が戻らない。外傷は、ほぼない。見た目で蓮人の姿は変わらない。ただ寝ているように見える。そう話す。

意識が戻るまでに、数日かかる可能性があることを医師から聞いた、と。

「早く意識が戻るといいですね」

「ええ、早く起きてほしいです。……出産までに」

「そうですね」

「あと、このじゃがいも……」

と優季さんは、両手で抱えていた紙袋を差し出した。

車に積んであったという、新じゃが。車の中に、二つ同じ紙袋があったので、その一つがこちらの家の分だろうと思って、と言った。

片手で受け取ると、ずしりと重い。

優季さんは帰った。

「これから蓮人に会いに、病院に向かいます。もう目を覚ましているのを期待して」と。

出張に行かなければ。親の家に寄らなければ……。私は頭を巡らせる。罪悪感を抱く。どうすることもできないが。

＊

二日後、雨は上がった。蒸し暑い。

一般病棟に移ったと、優季さんからメール。

私は授業をした後、次の会議まで時間があるので、蓮人に会いに行った。自転車で行けるところにある総合病院。……意識は戻ったのだろうか。メールでは触れていなかった。

汗を拭きながら蓮人の病室を見つけ出し、廊下から蓮人のベッドを見た。蓮人らしき男性が寝ている。誰もいない。

病室に入り、ベッドに近づいた。たしかに蓮人の顔。寝ている。

「会いに来たよ。俺だよ、あさだよ」

と声をかける。返事はない。

「じゃがいも、ありがとう。受け取った」

蓮人は寝ている。

「そっか、まだ起きないのか」

私の声は低くなる。

「早く、目を覚ましてな……」

絞り出すのが精一杯で、それ以上言葉が出ない。

目頭が熱くなる。拳を軽く握りしめ、そのまま立ち尽くした。

ゆっくり休んでくれ。目を覚ましたら、また話そう。

――帰りにナースステーションで看護師に蓮人のことをたずねた。容体は安定しており、身体や臓器に大きな損傷があるわけではない。ただ意識が戻らない、という。

帰り道、自転車をこいだ。汗をかいた。

神社の前で、足を止めた。自転車を降り、鳥居をくぐった。汗を拭きながら、本殿まで歩いて、静かに手を合わせた。蓮人が早く目を覚ましますように。

*

その週末、優季さんからメールが来た。

「生まれました。男の子です」と。

「名は、和に菊で、和菊（かずき）です。蓮人と考えました」と。

私は優季さんのいる産婦人科に足を運んだ。母子ともに健康らしい、何よりだ。

赤ちゃんを見る。

「うわ、小さいなあ」

私は思わず口にした。

「私たちも同じ感想でしたよ。あのとき」

そうだ、初めて若葉を見たとき、蓮人と優季さんは、小さい、と言った。

あれからいろいろあった。そうか、ついに蓮人夫婦が子どもを持ったのか。不妊で悩んだ時期もあったそうだが、ついにこうして生まれたのか。

「なんて呼べばいいですか？」

と私はたずねた。

「お任せします」

と優季さんは、優しく答えた。

「じゃ、かあくん、かな」

ということで、この日から、かあくんとの付き合いが始まる。

優季さんは、入院の荷物をあらかじめ準備しておき、陣痛が来てから自分でタクシーを呼び、ここに来た。だが、足りないものがあるので、私に取ってきてほしいとお願いした。自転車で運べる範囲のものだった。

鍵を借りてひとの家に入るのは、普通ならば気が引けるが、今はそんなことを言ってはいられない。

＊

優季さん、退院の日。私は大学がなかったので、若葉を抱っこ紐に入れ、荷物運びを手伝った。

　まず産院に行き、タクシーに荷物を運び入れた。それから抱っこ紐の若葉を抱え、自転車で、急いで蓮人の家に走った。

　優季さんは、一足先に着いていた。かあくんを抱っこしていた。私はタクシーから荷物を降ろした。久々に戻ってきた自宅で、優季さんはほっとしたようだった。

「手伝えることがあれば、やりますよ。今、他に何かありますか」

と私が言うと、優季さんは恥ずかしそうに、

「じゃ、お願いしていいですか」

と言いながら、メモを書き始めた。何度か書き直した。五分ぐらい考えただろうか。

「食べ物がないので、スーパーに行って、これを買ってきてもらえますか。すみません」

とメモを差し出し、説明を始めた。その途中で、いくつかまた削除や追加をした。

若葉を抱っこ紐に入れ、近所のスーパーに歩く。

メモに書かれた一通りのものを買い揃え、優季さんのところに帰った。

「ありがとうございます」

と優季さんは静かに言った。タオルケットのようなものを掛けて、授乳をしながらテレビを観ていた。

「この姿勢で授乳するのは、なかなか難しいですね」

と優季さんは恥ずかしそうに言った。優季さんがこういう格好をしている姿は、新鮮だ。

私はじろじろ見てはいけないと思い、テレビの方に目をやり、そそくさと、

「他に何かありますか？　なんせ、四週間ぐらいは外に出たり、家事をしない方がいいので。遠慮なく言ってください」

と言うと、ふと妻の産褥期の記憶が蘇った。自然と私の口から、

「料理ぐらいしていきましょうか」

と言葉が出た。料理は毎日していた。

「え、いや、悪いです」

「豚肉と玉ねぎと糸こんにゃく、買ってきましたよね。それ、もしかしたら、あの新じゃがを使って、肉じゃがをつくろうとしたのかと思って。人参はありますか？」

「あります」

「じゃ、肉じゃがだけ、つくって帰ります」

と言いながらキッチンに向かうと、優季さんはこちらを見て、すまなそうに会釈をした。その後すぐ、静かにかわいらしく、

「ありがとうございます」

とささやいた。

じゃがいもを袋から取り出して、まな板の上に並べた。若葉を背中側に持って行き、抱っこ紐で背負いなおした。

テレビの音が聞こえてきた。

その午後、帰宅する前、蓮人の病室に寄った。若葉は私のお腹で、抱っこ紐に包まれて、寝ていた。

蓮人は変わらず、目を覚まさない。

「これ、さっき撮ってきた写真」

と、私のスマホで撮った、優季さんとかあくんの写真を見せた。

「今日、退院した。家に寄ったよ。二人とも元気だ」

蓮人は何も言わなかった。

*

翌日、梅雨明け。本格的な暑さ。

大学で授業と業務をこなす。合間をぬって、優季さんのところと、蓮人の病室に行った。優季さんのところでは、料理や掃除、買い物をした。その後、蓮人の着替えを持って、病院に行った。蓮人の病室では、その日の優季さんとかあくんの様子を報告した。

帰宅すると、妻と若葉がいた。洗濯物を取り込み、夕食をつくり、若葉をお風呂に入れた。

夜寝る前に、若葉を抱っこし、寝かしつけた。夏の夜の蒸し暑さは、格別だ。汗だくになって寝かしつけた。

子守日には、若葉を抱っこ紐に入れ、優季さんのところと、蓮人の病室に行った。

そのうち、かあくんの世話も、せざるを得なくなった。

若葉をまず、抱っこ紐で背中におんぶする。そして、かあくんをお腹側で抱っこする。抱っこ紐を前後に二つ同時に使う。――幸い、かあくんは、私の抱っこでも寝てくれる。

二人を抱っことおんぶ。――さほど重くはないのだが、前後からの圧力が少し苦しい。暑い。汗びっしょり。

こんな日常をしばらく繰り返した。

息つく間もないとは、まさにこのこと。

毎夜、寝る前に缶ビールを開けたが、飲みながら仕事のメールを返し、翌日の準備をしていると、一本飲み終える前に眠くなった。好きなバンドの曲を聴く暇はなくなった。

机で寝てしまう前に、布団に入らねば。電気を点けっ放しにしないように。

＊

ある晩、若葉が少し早めに寝てくれた。

リビングで一日の終わりの仕事を、パソコンでカタカタし始めると、妻が珍しく寝室から出てきた。

「ああ、喉が渇いた。……私、頭痛がひどいのよ。相変わらず」

「ああ、まだよくならない？」

「全然。変わらない。夜中、毎晩、起こされるから」

妻は水を飲みにキッチンへと歩いた。ごくりと音を立てると、妻はたずねた。

「優季さん、元気？」

優季さんが産褥期のため、私が家に手伝いに行っていることは、もちろん妻に伝えてある。

「元気だよ、なんで？」

「そのさあ、質問に質問で聞き返すの、やめてよ。こないだ言ったでしょ」

前から私は、質問されたときに聞き返す癖があるらしく、妻はずっと気になっていたらしい。つい先週我慢ができなくなり、「やめて」と要求された。

妻は、ほんとにもう、という呆れた顔をしながら続けた。

「産後って、自分で気づかないけど、誰しも何か変わると思うのよ。優季さん、頭痛になってないのかなと思う」

「まあ、まだ生まれたばかりだからね」

ふうん、という顔を妻はすると、

「電気、点けっ放しで寝ないでね」

と忠告した。

ああ頭が痛い、という顔をしながら、妻は首を軽く回しながら肩を上げ下げして、寝室に戻って行った。

＊

翌日、私は若葉と一緒に、優季さんのところに行った。

もわっとした蒸し暑い空気の部屋で、優季さんは気持ち悪そうな表情をしていた。

「どうしたんですか？」

と聞くと、かあくんを抱っこしながら優季さんは、

「頭が痛くて……」

と、しかめ面で答えた。

昨日と打って変わって、この表情。これには驚いた。妻の懸念したことだ。優季さんは、

「よく眠れませんでした。何度も起こされて」

と辛そうな顔。

まさにこれだ。妻はずっと悩まされ、私も妻ほどではないにせよ悩まされている。

「そうですよね、起こされますよね。頭痛くなりますよね。わかります」

とだけ返事をし、「今日は、何を買ってきましょうか？」といつもの質問をすると、優季さんは少し間を空けてから、

「……そこにメモがあります」

と指さして答えた。優季さんは、

「あ、そうだ、書き忘れがありました」

と言いながら、メモを修正した。三つの品を追加し、二つの品を消した。私は、若葉を抱っこ紐でお腹に抱え、買い物に行った。

——優季さんのところに戻ると、タオルケットを掛けて、テレビを観ながら授乳をしていた。優季さんは何も言わずに、こちらを見た。軽く会釈するだけだった。さっきより部屋は暑くなかったが、優季さんは元気のない表情だった。

私はその日の食事をつくった。

「じゃ、ここに置いておきますね」

と言い、タッパーに入れた料理の説明をした。

優季さんは、つくった料理は皿に入れず、このようにタッパーで食卓に並べるらしい。皿に盛りつけることは、基本的にない。その方が皿を洗う手間が省けて楽だから、それにタッパーも可愛いのがたくさんある、とのこと。なので、私もそれに従う。

うちの妻は決してこのやり方をしない。タッパーのまま食卓に並べることは皆無だ。お皿に入れないと、食欲がそそられない、味気ない機内食のように見える。——妻のこの考えを聞いてから、私もそれに合わせるようになった。独身のときは、平気でタッパーをそのまま食卓に並べていた。思い返すと、妻の影響を受けている。

今ではタッパーのまま食べるのは、味気ないと思う。

——優季さんの表情が辛そうな日が多くなった。

なので、私が、かあくんを世話する時間が増えた。

正確には、若葉を背中に、かあくんをお腹に、抱っこ紐二つに挟まれて家事をする時間が増えた。挟まれた圧を、嫌というほど感じながら。——この状態で、家事。かあくんのオムツも替えた。入浴も、着替えも、寝かしつけも、一通りした。

ある日、食事をつくっている最中に、呼び鈴が鳴った。

宅配便。私は「はーい」と言って、優季さんに「いいです、出ますよ」と告げ、急いで玄関に出た。

宅配便を受け取って、キッチンに戻る途中。ふと、立ち鏡に映る自分の姿が、目に入る。

なんだ、これは?

お腹にかあくん、背中に若葉……。

左手にフライ返し、右手に宅配便の小箱……。

こんな姿の自分を、想像できただろうか。

——諸事を終えた私は、

「じゃあ、帰ります。よく休んでください」

と言うと、優季さんは小さく会釈だけした。今日は特に、ありがとうございますと、言われなかった。

蓮人の着替えを持って、自転車で病院に向かう。若葉は、抱っこ紐。相変わらず蒸し暑い。入道雲が見える。


蓮人の病室。

優季さんとかあくんの動画を見せる。三十秒ほどの動画。スマホで今日撮ったもの。抱っこして笑う優季さんの顔が、無理をしているように見えるが、蓮人にばれるだろうか。かあくんは、元気に目をぱちくりしている。

「早く目を覚ましてな。俺じゃなく、蓮人が、早く抱っこするんだぞ」

と言い、蓮人にその日の報告をしてから、病室を去った。病院を出ると、まだ蒸し暑かった。


帰宅すると、仕事に行っているはずの妻が、リビングの床にうつ伏せに倒れていた。

「どうした？」

私が慌てて駆け寄ると、妻は、

「あ、寝ちゃった」

と寝ぼけた目で答えた。汗びっしょり。

「びっくりした。仕事は？」

「ああ、今日ね、病院に行ったの」

妻は、頭痛がひどかったので、仕事を午前で切り上げ、産院に行ったらしい。産後うつの検査を受けたが、それに該当するわけではなかった。でも、寝不足が続くと、うつになる可能性が高まるから、気をつけた方がいいと言われたという。

「私、自分で体力あると思ってたけど、やっぱ寝不足はきついな」

と語った。横になって楽になったのか、いつもよりすっきりした顔をしていた。

私は風呂掃除をし、食事をつくり、若葉をお風呂に入れた。

夕食後、皿を洗い、洗濯物をたたみ、若葉を寝かしつけた。今日も汗だくで寝かしつけ。

＊

今日は大学でゼミ。

二軒ぶんの家事をこなしている。学生たちには話さない。

なぜ二軒なのか、その事情をわかってもらうには、蓮人の現状を知らせることになる。優季さんの体調不良も、学生たちに話す気になれない。

去年までは、家事一軒ぶんだった。なのに「家事をやっている」と誇らしげだった。あれで「やっている」ぶっていた自分を恥じる。

——ゼミを終えて、研究室に戻る間、歩きながら考える。空は晴天。

なぜ私の家と、蓮人の家の家事をするのだろう。まず、学生たちに誇らしく話すためではない。

青空が眩しい。

研究室に着く。ドアを開けると、真っ先に写真が目に入ってきた。

ススキが背景、妻の笑顔。あの写真だ。

私は、妻にどうしてほしいのだろう。いや、毎日、妻が辛い顔をし、苛立っている姿を横目に、私自身はどうすればいいのだろう。

私は……。

妻の笑顔を失いたくない。優しさを忘れたくない。

――帰り支度をし、隣の神社に寄る。本殿の前で手を合わせる。


帰り道、優季さんのところに行き、蓮人の病室に行き、家に着く。いつもの通り。汗だく。

妻は、若葉とリビングで寝ていた。冷房がかすかに動く中、大きめの薄いタオルケットを一枚、若葉と分け合って、掛けていた。

妻が寝ていると、私はなんだか安心する。もやもやした頭痛を抱えて、無理して起きているより、よほど安心する。

私が帰ったことで、目を覚まさないよう、静かに動いた。

――そういえば、いつしか、帰宅するときに「ただいま」と玄関で大きな声を出さなくなった。特に、妻が寝ていたら、起こしたくない。寝ていてほしい、そんな気持ちでいることに気づいた。

この間に、洗濯物を入れ、お風呂を掃除し、夕食を準備しよう。

＊

今日は、若葉と二人。子守日。

〈すずのね〉に来た。久しぶり。

蓮人が事故に遭ったり、かあくんが生まれたりして、ふた月ほど、ここに来ていなかった。あわただしかった。最後にまいちゃんママと公園でランチをして、あれ以来だった。

「まいちゃん、来るかな」

しかし、お昼までいたが、結局まいちゃんとママは来なかった。

この後、優季さんのところに行かねばならなかったので、心残りだったが〈すずのね〉を後にした。まあ、こんなこともあるか。

「次は、まいちゃんに会えるといいね」

と、若葉にささやいた。

＊

夏休みに入った。今日も暑い。

今日は珍しく、日中のスケジュールが違う。今までは、朝一番で優季さんのところに行くことはなく、お昼時か午後か夕方だった。今日は、午後から大学でオープンキャンパスがある。高校生向けに講義をするため、いつもより少しフォーマルな服装をしている。

だから初めて、朝一番で優季さんのところに行った。今日は若葉を連れて行かなかった。私ひとり。

優季さんの調子が、まだよくない。そろそろ産褥期が終わるので、外に出たり、家事をしたりできるようになるはずだが、そんな雰囲気ではない。

今日の私はいつもと違う仕事があるので、少々気が張っており、優季さんのところに来るのにも、気分が違う。緊張感を持っている。

今日、改めて気づいたことがある。

優季さんは、おっとりと話し、口調が柔らかい。私の妻のように、きっぱりした口調ではない。時に「もっとはっきり自分の意見を言ってほしい」と思うことが、実はある。

例えば、買い物リスト。毎回のように、私に渡す直前で、悩む。決めるのに時間がかかる。これは私の妻にはない。妻は、買い物に時間がかからない。

優季さんは、よくテレビを観る。うちの妻は、テレビを観ない。ぼおっとテレビを点けっ放しにするのは時間の無駄、と言い放つ。私も同じ価値観。観たいものがあれば最小限のものを録画し、観るだけ。

……ただし、私が何かをしてあげても、感謝しているかわからないのは、優季さんも妻も同じかもしれない。

優季さんも今となっては、毎日私がすることに対し、特に感謝を表現しない。まず、この家に足を運ぶこと、買い物をすること、料理をつくること、片付けをすること、かあくんの世話をすること――「ありがとう」と声をかけられたのは、確か最初だけだったように思う。あまり気にならなくなったので、どうでもいいのだが。

一通りのことを終え、優季さんのところを去り、大学に向かう。

道中、自転車に乗りながら考える。

もしかしたら、私も、妻にしてもらっていることに対し、感謝を伝えていないかもしれない。言わないのが普通になっているかもしれない。

感謝の言葉を、もらう立場のときのことも考える。その言葉は、欲しがると、辛い。もらわなくても気にならない、このぐらいの気構えの方が、楽だ。

何かしてあげなければならない状況にあるなら、感謝を求めない方がいい。

オープンキャンパスで高校生に講義をした。大学での勉強について話した。

小中高では、教わる、覚える、考える、をやってきたと思う。それはもちろん重要なこと。つまり、答えを探すこと、そのための解き方を探すこと。

だが、世の中では、答えや解き方を導くことだけでは十分でない。

第一に、「何が問題なのか」を突き止めることが必要になる。自分が直面する問題の正体がなんであるのか、それを自分で、もがきながら明らかにする必要が出てくる。

それが、大学での勉強の出発点だ。

何が問題なのか、それを正確に見つけるのは、とても難しい。なかなか見つからない。だがやりがいがある。そんなことを話した。


講義を終えると、柊先生が近くに来た。

いつもながら淡い色のタイトスカートを身に着け、品性のある所作。厳しい目付きをしている。私の講義を聞いていたようだ。

立ち止まると目が合い、柊先生から話しかけてきた。

「衝羽根先生、講義、お疲れ様」

なんと答えてよいか、考えていると、柊先生は続けた。

「大学で教える身になると、ひとの講義を聞く機会がありません。久しぶりに講義を聞きました」

「はあ……」

私は次の言葉を探していると、柊先生は、

「何か、個人的に貴重なご経験をされたのですか」

と続けた。

「え、……」

私は焦っていると、柊先生は、

「今日、高校生には言わなかった何かが、重みを増しているように聞こえました」

柊先生は続けて、

「今でなくていいです。後で聞かせてください。私は夫婦生活も、子育ても未経験ですが、どんなものかは想像がつきます」

「は、はあ……」

「そういうオーソドックスなライフスタイルを、私の同年代がどんな風に経験し、どんな感情を抱いているか、少し興味があります。専門分野ではありませんが」

と冷たく言うと、向こうへ行ってしまった。


今日の自分の役割を終え、家路に就こうとして、自転車置き場に向かった。

ロマンスグレーの長身、八重柏学部長が遠くにいた。八重柏先生は私に気づくと、声をかけて、近づいてきた。

「おお、衝羽根くん、お疲れさまあ」

「あ、学部長、お疲れ様でした」

「今日の講義、良かったらしいね」

「はい?」

「柊さんが褒めてたよ」

「え？」

意外だった。

「それに衝羽根くん、最近は仕事を免除してくれって言わないね。大丈夫なの？」

そういえば、今年度は免除してほしいと言わなかった。気づけばそうだ。昨年のように、先生方に頭を下げて、免除してもらわなかった。

なぜだろう。

家事・育児に慣れてきたからか。それとも、どうせ私事で忙しいなら、できるところまでやってみようと開き直ったからか。それとも、手を抜く部分や、気を抜く部分がわかってきたのか……。

正直、免除など、考える暇がなかったのかもしれない。

八重柏学部長は笑いながら言う。

「家事や子育てなんてのは、カミさんに任せておけばいいんだよ。男はどうせ向いてないんだから」

大きく口を開け、ははははと笑う。

「なんにせよ、学部の業務はよろしく頼むよ。衝羽根くんは人気があるんだから。学部のために働いてよ」

「はい」

と言いながら、照れた気持ちが半分で、私は笑みを返した。

思えば、学部長はよく私に「衝羽根くんは学生に人気があるんだから働いてくれ」と、悪びれずに言う。これは仕事をしろという命令でもあり、他方で、モチベーションを高めるための誉め言葉でもある。私を組織に必要と思ってくれている証しともとれる。大学の教員で、これほど無骨に、簡単に他人を褒める人も、珍しい。

それにしても、爽やかに、際どい言葉を口にする人だ。「男は家事や子育てに向いていないか。そうだろうか。

簡単に答えの出ない問いだ。恐らく解き方も複雑だろう。

＊

今日は、初めて優季さんが、かあくんを連れて蓮人の病室に行くことになっている。

優季さん自身も、かあくんが生まれて以来、初めて蓮人と対面する。

私も一緒に行くことになった。

私はまず、優季さんのところに自転車で行った。

優季さんは、かあくんを抱っこ紐に入れ、タクシーを呼んだ。三人でタクシーに乗り込み、一緒に病院に向かった。

タクシーの中で、優季さんは、

「私たちの声を聞いたら、蓮人、急に起きてくれないかな」

と、笑みを浮かべて、細い声で言った。

「そうですね」

と私は答えた。

優季さんは、まだ体調が万全ではない。日差しが眩しそうだ。目を細めている。

病院に着いた。私は優季さんに合わせて、ゆっくりと歩いた。

蓮人の病室の前に来た。

「緊張するね」

と優季さんは、かあくんに言った。

優季さんは、そうっと部屋に入った。

ベッドの上の蓮人を見た途端、優季さんは涙を浮かべて、片手で口を覆った。私が、

「優季さんと、かあくんが来たよ」

と蓮人に言うと、優季さんは涙声で、

「来られなくて、ごめん。来られなくて、ごめん」

私は、蓮人に大きめの声で、

「ほら、かあくんだよ」

とゆっくり伝えた。

優季さんは、かあくんの顔が蓮人に見えるように、少し持ち上げた。

「パパだよ。パパだよ」

と言った。鼻をすすりながら。

蓮人は反応しない。

優季さんは、ゆっくりと優しく、蓮人の手を握る。

「……あったかい」

実感を込めて、優季さんは言う。涙を落とした。

優季さんは、蓮人とかあくんの手を触れさせた。

「かあくん、パパの手だよ。パパの手だよ」

と笑顔をつくって言った。すぐに、

「蓮人、かあくんの手だよ。かあくんの手だよ」

と続けた。

優季さんは抱っこ紐を解くと、首の据わっていないことに注意しながら、かあくんを蓮人の横に寝かせた。三人は手を重ねた。

「かあくん、パパだよ。蓮人、かあくんだよ」

優季さんは、ぽろぽろと泣いた。

私は横で、熱く感じた。動かない蓮人が悲しいのか、やっと会えた三人を目の当たりにして心が動いたのか、それとも別の何かなのか。

蓮人、今、目を覚ましてくれないか。ゆっくり休んだだろ。

——結局、何も変わらない。優季さんとかあくんが来ても、触れても、蓮人は目を開けない。帰りのタクシーで、優季さんは目にハンカチを当てていた。私はその姿を見ても、何もしてやれなかった。

ただ気づかぬふりをして、窓の外を見ていた。

*

九月下旬。夏休みが終わり、後期の授業が始まった。

オープンキャンパス、推薦入試、学部パンフレット作製。今年は否応なく仕事が降りかかってきた。

免除してもらう交渉は、しなかった。ただ仕事をこなした。昨年度は散々交渉をした。なのに、大して余裕は得られなかった。

キャンパス内を歩いていると、栗林先生にたまたま出くわした。いつもながらの、ふわっとした濃い色のスカート姿。

「あら、衝羽根さん。今日は授業？」

「はい、そうです。また学期が始まりましたね」

と元気な声。

「そうね、奥さん元気？　お子さんは？」

続けざまに質問してきた。二人とも元気であることを伝えた。私は、思い出したように言った。

「そういえば大学業務、昨年はいろいろ迷惑かけました。今は、やりますので、どんどん振ってください」

「あら、いいの？」

「まあ、過ぎるのも困りますが」

「そうね、ほどほどにね」

と、二人で軽く笑い合っていると、栗林先生は急に真面目な顔をして、

「苦しさや辛さはね、初めが一番来るの。でも、慣れるの。人間、意外と行けるのよ。そんな簡単に、本当の限界は来ないわよ」

黙って聞いている私に、栗林先生は元気よく、立て続けに、

「子どもは、一人目のときが、一番辛かった。神経質になってた。毎日不安だった」

「え、そうなんですか」

栗林先生のそんな姿は想像できない。

「でもね、二人目、三人目、四人目と、楽になったのよ。二人目を産む前、極度に不安だったけど。一人で辛かったのに、二人も大丈夫かな、なんて。でも、生まれて、二人を育て始めたら、そんなこと言っていられなくて」

そう言い終わる頃、栗林先生はにっこりした顔に戻って、こう言った。

「一人しかいないうちは、まだ、不安を持つ余裕があったのよね。その後、そんな余裕、なくなったわよ」

笑いながら、「じゃあね」と別れ言葉を残して、歩いて行った。

私にはわからない。人それぞれの経験があるものだ。

*

何日か過ぎ、九月最後の週になった。

これまで通り、大学では授業と業務、我が家では家事と育児、優季さんのところで家事・育児、さらに蓮人の見舞い。

繰り返し。汗びっしょり。

たまに空を見上げると、高く青々としている。さっぱりした、いい空。

私は忙しい。多事をこなす日々を送る。そんな気がするし、そんな気もしない。

自分の日常を誰かに、良く評価してほしいのか、褒めてほしいのか、感謝してほしいのか。

——前はあった。褒められると嬉しかった。褒めてほしかった。人に誇りたかった。

でも、今は……。

強いて言えば、目の前の人たち。目の前の人たちが、笑っていられる。目の前の人たちが、気分良くいられる。それだ。

そんなことを考えながら、高い空を見上げる。


大学に着く。

いつも通り研究室に向かう。ゼミまで時間がある。

研究室に着くと、廊下で一人のゼミの男子学生が待っていた。

「どうした？　何か用事？」

とたずねると、

「あの、実は、先生に聞いてほしいことがあるんです……」

と言った。

彼を部屋に入れて、話を聞いた。家族の悩みだった。

父が最近うつになってしまい、仕事に行けなくなった。母と父の仲が気まずく、家の中の雰囲気が、かなり悪い。一人っ子の自分は、家にいるのが嫌だ。だが、もう大学生だし、何もできない歳ではない。どうしたらいいか。そういう相談だった。

普段は明るく振る舞っている学生なので、こんな日常だとは意外だし、まして、彼がこんなふうに個人的な相談を、私にしてくるのも意外だった。

――まずは、よく話を聞いた。

その上で、何が彼にとって問題なのかを、二人で一緒に、丁寧に整理した。私などに、気の利いたことができるわけではないと承知していたが、できるだけ彼の意を汲むよう、話を整理した。

彼は最後に、「少し楽になりました。ありがとうございます」と言って部屋を出た。何か役に立ったのだろうか。いや、そんな簡単に解決するわけはない。ただ問題を整理したにすぎない。


だがそんなことも、彼が、自分だけでするのは、難しかったのかもしれない。

その後、いつも通り教室に行き、ゼミをした。


ゼミを終え、研究室に戻った。

帰り支度をしていると、ドアをノックする音がした。

開けると、一人のゼミの女子学生がいた。

「どうした？　ゼミで何か言い忘れた？」

と私が聞くと、

「最近のことで、先生、話を聞いてもらえますか……」

と、彼女は静かに、遠慮がちな笑みを浮かべながら言った。

就職のことを考え始めたが、親と意見が合わない。頭がいっぱいになって、彼氏とうまくいかない。彼氏と一緒に過ごす時間が無駄に思える。親と話したくない。そんな内容だった。

私に何ができるんだ、と最初は聞いていていて思った。

しかし、話が進むうちに、悩みがごちゃごちゃになっている印象を受けた。

私は問題を整理する手助けをした。その中で、彼女の大切にしたいものが何か、おぼろげながら、見えてきたように思えた。

彼女は、最後に「なんとかやってみます、ありがとうございます」と言うと、研究室を出て行った。

——それにしても、今日はなんだったんだろう。

学生が個人的な相談をしてくるなんて。自分から、わざわざ悩みを話しに来るなんて。

だが、これに終わらなかった。この後もゼミ生たちは、個人的な相談をするために、研究室のドアをノックするようになった。

大学の教員に、こういう仕事もあるとは。これまでにはないことだった。

*

子守日。若葉と〈すずのね〉に行った。

何人かママさんと子どもたちがいた。しばらく遊んで、お昼までいたが、今日もまいちゃんは来なかった。

この頃、こんな日ばかりだった。あの日の、公園でのランチ以来、会えなかった。

家に戻り若葉と食事をし、午後、優季さんのところに行った。優季さんはまだ頭痛があり、調子が良くなさそうだ。

私は買い物、料理、掃除などを済ませた。相変わらず、かあくんと二人を同時に抱っこ・おんぶしたり、オムツを替えた。

着替えを持って、蓮人の病室に行った。

やはり目を閉じたまま。もう二か月経った。こんなに意識不明の状態が続いて、いつか目は覚めるのだろうか。ずっとこのままなんてことは、ないだろうか。もちろん諦めるわけはないが、嫌な考えが頭をよぎる。

＊

翌日は講義日。

いつも通り講義を終え、今日は珍しく、学部の資料室に行った。資料室は、研究棟の一階。教員個々の郵便ボックスがある。私は溜まった郵便物を回収しに立ち寄った。

ぽつりとひとり、榎藪先生がいた。いつものように汗をかいているが、拭きもせず、ただ椅子に座って、窓の外を眺めている。私は、

「こんにちは、榎藪先生」

と声をかけた。

「あ、衝羽根先生、こんにちは」

榎藪先生は驚いたように反応した。

「今日はいい天気ですね」

と、窓の外を見ながら私が言うと、

「天気？　ああそうですね」

と、不意打ちをくらったように榎藪先生は言った。

「今日は授業ですか？」

と私がたずねると、榎藪先生はしみじみ、こう言った。

「授業はありません。そういえば、衝羽根先生、……人生これでよかったのかと考えること、ありませんか？」

「え？」

私は急な質問に戸惑っていると、榎藪先生は言った。

「私のように、結婚もせず、子どもも持たずにいると、人生これでよかったのか、と、反省することがあります。中年の独身男性の、ありがちな悩みです。衝羽根先生は充実した日々をお過ごしですね」

何を話していいものか考えたが、咄嗟に、私は話した。

「実は、私は……」

いとこが意識不明になり、自分の家だけでなく、さらにあと一軒分の家事を引き受けることになった。二軒分の家事・育児をすると、自分の時間は全くない。そんなことを伝えた。少しでも榎藪先生に、妻がいて子どもがいることが、即、羨ましい日常ではない現状を理解してもらおうとした。

榎藪先生は、興味を持った表情をし、こう説明した。

「話をうかがうに、一夫多妻制の生活に似ているように聞こえます。一人の男性が、複数の女性と子どもたちに対して、責任を持って役割を果たす。これは実は、歴史的、世界的に見渡すと、むしろ多勢です。よくある婚姻形態でした」

「え、そうなんですか」

さすが文化人類学者。すぐにこんな発想になるなんて。

榎藪先生は、こくんと頷くと、こう続けた。

「日本だって、一夫多妻制の階級や時代があったでしょう。むしろ、一夫一婦制は、キリスト教の発想です。例外的な形態と考えられます。かつて、どんな社会でも、男性の方が狩りや工事、戦争などで、死のリスクを抱えていました。女性の方が生き残りやすかったのです。女性の方が人口的に多くなり、男性が不足する。それが自然でした」

確かにそうだ。感心していると、榎藪先生は続けて、

「真に深刻な問題は、既婚女性の夫が、急死した場合です。どうなりますか？　子持ちの女性が、夫を失ったら、その日常はどうなりますか？　そんな家庭が、社会に多数存在したら、どうなりますか？　男性が不足する社会で、女性たちに再婚が許されなければ、社会全体は、困窮や飢えなど、救済できない無残な状態に陥ります」

熱の籠る説明に、私は圧倒される。榎藪先生は力説した。

「ひとりの男性が、再婚を含めた複数の女性と婚姻形態を結び、子育てに関わる。それは女性と子どもを守るための制度とも言えるのです」

私は聞き入っていると、最後に榎藪先生はこう付け加えた。

「一夫多妻制が、複数の女性をはべらせるといったイメージが世間にあるとしたら、それは一面的です。そうでなく、男性にとって、つまり……、複数の妻を持つ夫であり、かつ、多くの子たちの父である、そういう男性にとっては、生半可で務められない、責任の伴う制度だったのです」

——帰りの自転車でぼんやり考えた。ゆっくりと風を切りながら。

榎藪先生。——様々な社会を訪問し、現地調査をしてきた榎藪先生。日本以外、現代以外の社会や文化の在り方を日々分析し、研究している榎藪先生。私の知らない世界を多々知っている人。

なのに、そんな彼でさえ、誰でも経験するような結婚や子育て、そういう経験をしないことで、自分の人生を反省する。「これでよかったのか」と。

空を見る。とても高いところに、薄い雲が浮かんでいる。風が爽やかに顔に当たる。

＊

今日は子守日。

午前中〈すずのね〉へ。今日もまいちゃんとママは、まだいない。

「今日もまいちゃん、いないいね」

と若葉に言った。

若葉は周りを見渡し、「まーちゃ、まーちゃ」と言った。

お昼に近くなり、帰りの支度をしようとしたとき、「こんな時間にすみません」と受付に飛び込んできた女性がいた。はっと目をやる。

……まいちゃんママではなかった。忘れ物を取りに来た、別の女性だった。

――私は帰り支度を終え、受付の職員さんにたずねてみた。

「あの、すみません……」

受付の中年の女性は、顔を上げて答えた。

「はい、なんでしょう」

「あの、よく来ていた方のことですが……」

「はあ」

「まいちゃんという女の子と、そのママさんですが……」

と私は気恥ずかしいながらも、実名を出して、思い切ってたずねた。

「最近来ていませんか？」

「まいちゃん、ですか？」

「はい。最近見ないのですが、私が来ない日に、もしかしたら来ているのかもしれないと思いまして」

「お知り合い？」

「そうです、ここに来ると一緒に遊んでもらっていて」

「ちょっと待ってください」

と言いながら、そこにあるパソコンの画面を確認した。少し経って、言った。

「まいちゃん。一歳の女の子ですか？」

「あ、はい、そうです」

私は期待した。

「その子は、こないだ登録を抹消しました」

「え……。どうしてですか？」

私は身を乗り出した。

「引っ越しのため、と書いてあります」

頭が真っ白になった。かろうじて「ありがとうございました。わかりました」とだけ言って、

〈すずのね〉を出た。

帰り道、とぼとぼ歩いた。抱っこ紐の中の若葉を見て、私は話しかけた。

「まいちゃんはね、お引っ越し、したんだって」

若葉は私の目を見つめた。優しい目で。

「さよならって、言えなかったね」

若葉は、まだ見つめていた。

「連絡先、最後まで聞けなかった。ママの名前も、苗字も聞いたことなかった」

若葉に向けた言葉でなく、私の独り言として。

若葉は私を見て、目が合うと、私ににこっとし、すぐに遠くを見た。

私も上を向いた。

だが、すぐに前を向き直し、口を横に引き締めた。

まいちゃんママ。佐世保の人。……幸せでいてください。

＊

十月になった。

大学で講義を終えると、いつも通り優季さんのところに行った。

もう、かあくんは首が据わり、優季さんは自分で買い物に行けるようになった。料理も、ある日から急に、「私がやります」と宣言し、優季さんが自分でやるようになった。

だが、料理の間、例によって、私はかあくんを抱っこし、若葉をおんぶした。

かあくんは自分の子ではない。これだけ毎日顔を見て、家の中で過ごしている。なのに、他人の子だ。不思議だ。

優季さんを見ていて、また一つ気づいたことがある。よく他の男性と私を比べる。知人や友人、テレビに出ている人などを、よく口にする。

「あささんは、芸能人のあの人みたいに、料理が得意ですね」だとか、「あささんは、私の学生のときの友人に、表情が似ているんです」だとか。嬉しい比較もあれば、そうでもない比較もある。そういえば、うちの妻はこういう比較をしない。

別れ間際、優季さんは、蓮人の着替えを私に渡しながら、

「蓮人の意識がずっと戻らなかったらどうしよう」

と、つぶやいた。

私も最近になって同じことを考えたが、

「大丈夫ですよ。信じるしかないです」

と言葉をかけて、優季さんのところを出た。

＊

翌朝、大学へ向かう道で、自転車に乗りながら考えた。

この一年で、蓮人のところに待望の子が生まれた。なのに、簡単にいっていない。うちも、生まれてから色々あった。

誕生は祝福されるべきことだ。なのに、この二組の夫婦を見る限り、一筋縄では行かない。

子どもが生まれると、親の人生は、どんな岐路をたどるんだ？

――大学に着き、研究室に入る。いつものように一番先に目に飛び込んできたのは、妻の顔だった。あの写真の、小夜の笑顔。

彼女は、目の前にいないときでも、けんかをした後でも、いつでも自分の中に飛び込んでくる。かけがえのない人というのは、こういう人なのだろうか。

写真の笑顔を眺める。


その日の帰り道、自転車に乗っていると、親から電話が来た。

特に用事はないとのこと。しばらくお互いの近況を話し、「じゃ、体に気をつけてね」と母が言い、電話を切った。

親か。

バイクが一台、秋の風を切り、私の横を抜けて行った。

そういえば、私が生まれてから、父はバイクに乗るのをやめたと聞いた。バイクをやめた分の、お金と時間を、家のことに使うことにした、と。

母も何かをやめたと言っていた。そうだ、映画だ。大好きで、妊娠中まではしょっちゅう映画館に行った。出産後にぴたりと行かなくなってしまい、父に八つ当たりすることもあったとか。でも、それで時間とお金が、子育てに向けられたとか。

そうだ、思い出した。母が映画をやめるから、父もバイクをやめると約束したんだ。

親は親で、当時自分ができることをし、子育てをしてきた。親になるということは、何かが変わるのだろう。

でも興味深いのは、それで人生が狭まらないことだ。

私も、若葉が生まれて、自由な時間は減った。いつの間にかバンドの録画や有料サイトを観なくなった。でも、後悔はない。

——いつの間にか、家に着いた。

玄関に入り、リビングのドアを開けて、小夜と若葉が起きているのを確認し、「ただいま」と声をかけた。小夜は「お帰り」と言ったが、頭の痛そうな顔をしている。若葉はおもちゃで遊んでいる。

「頭、痛い？　マッサージ、しようか？」

と、小夜に聞いてみた。

「え、なんで？」

と小夜が聞くので、

「質問に質問で返していいの？」

と、さらっと言った。

「じゃ、してよ」

と、小夜がかわいい口ぶりで言った。小夜のこんな甘え方、久しぶりだ。

座ったままの小夜の肩を、揉み解した。

「あ、そこそこ」

小夜は気持ちよさそうに声を出す。

「わかちゃんは今日、ご機嫌だった?」

と私が聞くと、

「ご機嫌だったよ。まあ、一度、泣いちゃったけど」

と、小夜は答えた。

「どうして?」

ひとりで遊んでいた若葉は、こっちへ来た。隣で私の真似をし、小夜の肩を揉み始めた。

「ありがとー、わかちゃん」

と私と小夜が、二人同時に言った。

「同時だったね」

と、小夜が笑う。小夜は続けて言った。

「お洗濯物をね、ママが畳み終わって積んでいたら、わかちゃんが、ばらばらにしちゃったんだよね。いたずらしたんだよね。だからママは、だめでしょって叱ったんだよね。で、泣いちゃったんだよね」

と、小夜は二人に話すように言った。私が、

「そっか、わかちゃん、いたずらしちゃったんだ」

とにこにこして言うと、若葉も、にこっとした。

しばらく二人で肩を揉んだ。

小夜を揉む私の手指は、もうぼろぼろではなかった。自分の手指への配慮は、いつしか体得していた。自分に合うクリームを見つけていた。

＊

翌朝、私は味噌汁を飲んだ途端、思わず「これ、美味しい」と口にした。

小夜は「だって、好きでしょ、その組み合わせ」と得意げに言った。

確かにさつま芋と秋ナスの味噌汁は、思わず美味しいと感じる。それはそうだ。私の好きな組み合わせだ。


今日は、学会の大会。年一回来る場所。

去年のこの頃は、気分が暗かった。後ろ向きだった。

この一年間、色々あった。家のことで忙しいのは、去年以上だった。しかも二軒ぶんだった。でも今は気持ちが違う。何かが変わった。

今年の発表テーマは「自己満足感と、客観的基準のバランス」だ。例年同様、学生の就職活動に関するデータを分析した。

——結局どちらかだけでは足りない。

つまり、就職という選択は、学生が自分自身だけ満たされればいいのではない。周囲や世間の基準を無視しても、満たされない。でも自分が満たされずには、苦しい。学生たちは、人生の選択にそんな思いを——自覚的か無自覚かはともかく——抱いている。そこに注目した。自己満足と他者からの評価、どちらが上なのだろう。結論は出ない。

ただ、どちらも重要だ。研究としては、未完成だ。今回はそこまでしか報告できない。これまでの二年間と違い、結論に曖昧さが残った。

ただし、今回立てた「問い」は、悪くないのではないか。

就職だけではない。人は、自他の価値観に左右され、ふわふわと生きている。どちらが大切なのだろう。いや、どんな場面で、どちらが、どう優先になり、また入れ替わるのだろう。

今回立てた問いは、自分で納得がいった。ギャラリーの反応も悪くなかった。

今年も日帰り。この報告を終えたら、家路に就く。

帰りの電車では、ふと思いつき、小夜にメールを送った。

「いま電車。あと一時間ぐらいかな。お腹すいた」

その夕方、家に着いた。

例年なら学会で何があったかをすぐに小夜に話したのだが、それよりも、今日は若葉と日中どう過ごしたのかを、先に知りたくなった。

その日は、初めて〈すずのね〉に行ったという。そうか、小夜は初めてだったのか。あの部屋を思い出す。ずいぶん昔のような気がする。

「わかちゃんは元気に、仲良く、同じぐらいの歳の子たちと遊んでいたよ」

と、小夜は報告した。そっか、違うお友達と仲良くできたんだね……。

食事の時間になり、食卓を見て私は驚いた。

舞茸とギンナンの入った炊き込みご飯だ。私は思わず、

「おー、いいねー」

と口にすると、小夜はすかさず、

「だって好きでしょ、これ。秋の味といえば、これでしょ」

と得意げに言った。その通り。

「あれ、さよ、舞茸とかギンナンとか、大丈夫だっけ?」

と私が聞くと、小夜は、

「つわりじゃないから、もう大丈夫よ。匂いも、もういい匂いと思えるし」

と笑い飛ばす。

そういえば去年の秋は、若葉の離乳食で、自分たちの食事は二の次だった。

……余裕がなかったな。

小夜と若葉が寝付く前、私はリビングで一本の缶ビールを飲み始める前に、寝室に行った。

小夜にマッサージをした。

こないだと同じように、私が揉んでいると、若葉も隣で真似て、揉んでくれた。

小夜と私は「ありがとう、わかちゃん」と、また同時に言った。

「また同時だね」と、小夜が笑った。

二人で揉み解していると、小夜は「そこ、そこー」と、愛おしい声で言った。

＊

翌日、大学に行った。

ゼミ生たちは、今日も個人的に相談に来た。

小さな恋心、こじれた恋愛、父母の不仲……。

学生たちは、もがいている。どうやって相手に気持ちをわかってもらうか、自分は本当にこの人を好きか、相手はどう思っているか、二人の仲はどうなるのか……。

そうだ。私だってそうだ。似たような経験をいまだにしている。

だから、よく考えよう。何が問題なのかを考えよう。糸口があることを信じよう。時間がかかったとしても。諦めずに。

＊

翌日、病院へ。

小夜と私は歩いて来た。若葉をベビーカーに乗せ、私が押して歩いた。優季さんと、病院の入り口で落ち合った。かあくんを抱っこ紐で包んでいる。

今日は、主治医と話をすることになっている。優季さんは、私たち夫婦も一緒に来てほしいと言った。

相談室で主治医に会う。「ここまで長引くと、もう難しいかもしれません」と言われた。これまでの経過を分析すると、主治医としては楽観視できない、と。優季さんはその場で声を出さずに泣いた。

蓮人の病室へ行った。優季さんは何も話さず、ただ蓮人の手を握った。

私は蓮人に「早く目を覚ましてな。医者の言うことが絶対じゃない。俺は、蓮人が目を開けると信じてる」と、自分に言い聞かせて、声を振り絞った。最後の方は、声になっていなかった。正直、長すぎる眠りだと思った。

隣で聞いていた小夜は、鼻をすすった。

優季さんはいつものように、涙声で、蓮人に別れを告げた。

帰りに、病院近くの公園で、二人を遊ばせた。若葉は歩き回り、かあくんは、私が抱っこで、あやした。若葉もかあくんも、二人とも笑顔。

優季さんは虚ろな顔。

小夜は、

「いい天気だなあ」

と、高い空を見回して言った。でも、それぐらいしか、言葉を発しなかった。

私は急に思い付き、

「そうだ、神社に行こう。祈願してこよう」

と言った。優季さんは静かに私を見て、不意の顔をした。

タクシーを拾うと、五人みんなで乗り込んで、大学の横の神社に向かった。

みんなで祈願した。

神社からの帰り道、商店街を歩いた。バーや和菓子屋の前を通り、みんなで一緒に帰った。

川沿いを歩こう、と、小夜が提案した。

遊歩道を歩きながら、小夜は静かに歌った。

「まっかだなー、まっかだなー……」

優季さんも、途中から歌に加わった。

五人の背中で、ススキが一本揺れていた。

＊

今日は大学で会議。就職委員会。

就職委員会は、今年度に私が所属する委員会の一つ。昨今の学生の就職動向をデータで分析し、就職に向けたイベントなどを実施する役割を担う。

上松先生と、野三杉先生も一緒。


会議後、ジャケット姿の上松先生が話しかけてきた。相変わらず、口髭をなでながら、

「今年の就職動向で目立つのは、女子です。私のゼミ生たちは、就職で優先させることとして、真っ先に、転勤がないことを挙げます。子を産んでから別の土地に行くのが嫌だと。衝羽根先生のゼミはどうですか？」

私にも思い当たる節があったので、同意した。すると上松先生は冷静に続けた。

「家庭を大事にするのも良し、仕事に打ち込むのも良し。どちらも自分の人生です。時間や労力をどこにつぎ込むかは、個々人の選択です。私は学問に費やしてきた。結婚生活にも。だが子を持つには至りませんでした。そこに資源が当てられなかった」

少し間を置いて、話を続けた。

「それでも私の人生は、最善だったと思っています」

上松先生は、ちらっとこちらを見て、

「衝羽根先生はどうですか？　お子さんを持つことが、最善の選択でしたか？」

私は小さく息を吸って、こう答えた。

「簡単ではありませんでした。一時期は悩みました。妻との関係でも。でも今は、これでよかったのかなと思えます。あ、もちろん、この先まだわかりませんが」

上松先生は、にやっと笑うと、優しくこう言った。

「一寸先は闇です。経済と同じ、人生も厄介です。予想できるようでいて、先を読むのは、とても難しい」

上松先生は去った。


書類を整理し、会議室を出る準備をしていると、チノパン姿の野三杉先生が携帯電話で「……そうですね、じゃ、会場で。終わったら飲みましょう」と話していた。

電話を終えた野三杉先生は、私と目が合うと、こちらに寄ってきて、眼鏡を上げながら明るく言った。

「いやあ、今度の学会、楽しみです」

「そうですか。相変わらず、野三杉先生は活動的ですね」

「いつも出張から帰ると、嫁さんから小言ですよぉ」

あははと、野三杉先生は笑う。

「それはそうと衝羽根さん、最近はお子さん、いかがですか？　かわいいでしょう」

「はい、使える言葉がどんどん増えています」

「いいなあ、発達だなあ。ところで、奥さんは機嫌いいですか？」

「まあ、ぼちぼちです。色々ありますが」

「そう、色々あるでしょ。親になるとね、人は色々あるんですよ」

「そうですね、わかる気がします」

「親もね、変わる存在なんです。発達する存在なんですよ。徐々に変わっていくものですし、これからもまだ変化する必要があります。局面局面で変化します。ただし発達心理学では、まだこの点、お座成りですがね。子どもの発達にばかり研究が集中していて」

野三杉先生と会議室を出た。

「では、今度、一杯やりましょう。我々の将来に、乾杯しましょう」

と野三杉先生は言うと、去って行った。

親も変わる、か。

——おそらく、親だけではない。夫も変わる。教師も変わる。人は、その時々に応じて変化していく。すぐに応じられないこともあるだろう。そういうときには、時間が必要だ。

私は多分これからも、もがきながら、時間をかけて変わるのだろう。

＊

翌日、講義を終えた私は、いつものように蓮人の様子を見に、病院に向かった。

途中の川沿いのススキがきれいだったので、何本か切って、持って行った。「ススキ、取ってきたよ」と蓮人に伝えた。

優季さんとかあくんが、すでに来ていた。

持ってきたスヌキで、かあくんをあやした。触ったりつかんだりして、喜んでいた。

小夜と若葉が、じきにここに来た。しばらくみんなで一緒に過ごした。

――誰彼ともなく「そろそろ帰ろうか」と言い始めたときだった。

かあくんを抱っこした優季さんが、

「あー、かあくん、笑った」

と言った。慌ててかあくんを見ると、楽しそうに手を振り、声を出して笑っている。

「おー、ほんとだ、笑った」

と私は高揚した。

かあくんが、初めて、声を上げて笑った瞬間だった。記念すべき瞬間。

小夜も大きな笑顔で、手を叩いている。

優季さんが蓮人に向かって、微笑みながら、

「かあくんが、初めて笑ったよ」

と伝える。そして、

「じゃ、また来るね」

と涙声をせずに、別れを告げる。

私も明るい笑みで「じゃ、またな」と蓮人に言う。

小夜も笑顔で「また来ます」と言う。

そのとき。私は目を疑った。

蓮人が――目を開けた。

優季さんも、小夜も、子どもたちも、みんなが見ていた。

「おおー……」

私は震えた。

私の大切なものが、もう一つ、やっと、戻ってきた。

＊

次年度、ゴールデンウィーク明け。蓮人は数か月のリハビリで順調に回復し、昨日無事に退院した。

その翌朝。小夜が、

「あー、今朝は寝坊だ、ほんとにまずい」

と慌ただしい。

「あー、遅刻だー」

というのが最後の言葉。行ってきます、さえ言わず、仕事に出かけた。

「ばたばたしすぎでしょ、もう……」

と私は呆れ半分で、若葉と一緒にリビングの片付けを始めた。

リビングの床に、手帳のような冊子が一つ、落ちていた。ばさっと広がっていた。

若葉が手に取り、

「はい、どーぞ」

と、私に差し出してくれる。

「わかちゃん、拾ってくれたの。ありがとう。はい、どーぞって、しっかり言えたね」

手にして見ると、手帳ではなく、小夜の日記だった。

毎日三〜七行ぐらいの手短な日記。「三年日記」というもの。――三年日記は、三年かけて一冊の日記を完成させる。こんなの持っていたのか、知らなかった。よくこんなの始めたものだ、と感心する。

ぱらぱらとめくると、書いていない日はない。昨日までぎっしり書かれている。

読むのは気が引けるが、しおりの紐のはさまっていた昨日の文が目に入ってしまった。

――五月十一日　蓮人さんが退院した。外を歩く姿を見て、涙が出た。今度、蓮人さん一家と遊べる場所を、ネットで検索。寝床で探しているうちに、いつもの就寝時間を、一時間オーバー。まずい、これを書いたらすぐ寝る――。

だから今朝は寝坊したのか。確かに寝室に去ってから、読書灯が一時間ぐらい点いていた気がする。

一年前はどうだったのだろう。目をやる。

――五月十一日　職場復帰して約ひと月。帰宅後にすぐ授乳するのがきつい。暑い。何もできない。今日も私が授乳している間、あさは黙って窓の外を見ていた。何か言ってよ、今日のこと、報告してよ、と思った。「子守日」って、何してるの？　私は仕事の合間に、今二人は何してるのかな、と気になってるのに。帰り道も、早く会おうとして、走ってる――。

え、走って帰ってきてたんだ。そりゃ暑くなるわけだ。

それに、昼間のことが気になっていたって？　そんな素振りは見せなかった。……その頃は、まいちゃんママと会うのを楽しみにしていたかもしれない。

そういえば、いつから書き始めたのだろう？

調べてみると、一月一日からではなかった。始めたのは、三年前の八月、つまり妊娠が発覚した直後。

――八月二十五日　きのう妊娠したことがわかった。産院で涙が出た。あさに伝えた。二人で喜んだ。何か始めようと思い、今日、仕事の帰りにこの日記を買った。三年後まで続くかな？三年後には、赤ちゃんどうなっているかな。あさは、いいパパになってるか、笑。でも、パパになっても、私のよき夫であることを忘れないでほしい。私もいい妻でいたい――。

付き合い始めた頃は、いつも外見を褒め、自然に「さよ、かわいい」と口にした。それを小夜は「嬉しい」と受け止めてくれた。穴に入りたくなるような言葉も交わした。

……小夜は、強い母親である前に、かわいく、健気な女の子。

ぱらぱらと、少し後のページを見る。

――十月二日　つわりで、すごく気持ち悪い。あさが洗濯、料理、掃除などをしてくれる。ずいぶん慣れたみたい。今日、帰り道、舞茸ご飯の匂いがした。きつかったー。はたして来年はおいしく食べられるのか？――

そんな時期もあった。感慨にふけっていると、

「ちゅんちゅん、いる。ちゅんちゅん、いる」

と、若葉が窓の外の小鳥を指して言った。

「そうだね、ちゅんちゅん、いるね」

と私は優しく答えた。すると、若葉はリビングの真ん中に座り込み、おもちゃで遊び始めた。

そうだ、若葉の生まれた日には、どんなことを書いたのだろう。

――五月十日　わかちゃん、親孝行だね。するっと出てきてくれた。お腹の中にいたときもお

話ししてたけど、お顔を見て話すのは、初めて！　パパ、泣いてたよ。私はとにかく、すっきりした。急いでおうちを出てきたから、この日記を置いてきちゃった。パパが、さっき取ってきてくれた。わかちゃん、お誕生だね、これからも、よろしくね――。

そうだ、慌ただしく家を出た。思い出す。私が泣いたのを見られていたとは……。まあいいか。

その翌日の文も、目に入る。

――五月十一日　産院での二日目。わかちゃんと二日目。よく寝ているし、よくおっぱいを飲む。わかちゃんは柔らかくて、温かいね。元気に泣く。あさが今日も近くにいてくれた。私がちゃんと寝ているか、心配している。わかちゃんのことだけでなく、私に目を向けてくれるんだね。いいパパになってちょうだい。私も、いいママになるから――。

こういうこと、口で言わなかった。

……俺は、いいパパなのかな。

少し先に目をやる。産褥期の頃。

――六月一日　私が家事できないから、あさがやってくれる。感謝してる。でも、やったことを見せすぎかな、笑。大学で、先生たちに交渉してくれたって。でも、そんなに交渉しちゃって大丈夫？　あさがいない間、わかちゃんが咳をして、泣きやまなくて……。ひとりで不安だった。早く帰ってきてと思った。でも、お仕事の間、若葉を守るのは私の務めだから——。

そんな頃もあった。小夜は小夜で、できるだけのことをしてくれていた。改めてわかる。もう少し先に目をやる。

——七月一日　今日も変わり映えのない一日。とにかく、頭が痛い。あさに当たってしまう。がんばってくれてるのはわかる。でも、イラッとする。後で悪かったかなと思うけど、次またイラッとする。毎日雨で、外に行けない。わかちゃんも機嫌よくない——。

こういう時期も、あった。

——八月一日　今日も暑かった。若葉は、汗だく。あさと、またケンカ。あさはいつもピリピリ。その雰囲気、なんとかならない？　もっと優しくできないかな？　わかちゃんにばかり気をつかわないでほしい。私はあなたの何？——

小夜に優しくしなかったつもりはない。

若葉を大事に扱ったのは事実。だって赤ちゃんだったから。とはいえ、出産前ほどに、小夜に優しくしていただろうか。そこは自信が持てない。

自分たちの向かう方向がこれでいいのか、自問した時期があった。

――十月一日　わかちゃんとお散歩。ススキを手に取って遊んだ。いい天気。パパが今日、授業で学生たちに、家でがんばっているって、話したんだって。私はね、他のパパたちよりもすごいかどうかなんて、どうでもいい。自分のできることを無理なくやってくれて、私たち三人が毎日和やかにいられれば、それでいい――。

耳が痛い。俺だって、進む道がわからなかった。学生に語った武勇伝。今となっては恥ずかしい。

そういえば、読んでいて気づく。若葉のことは当然書かれている。だが、私のことも書かれている。――私はあの頃、勝手に思っていた。「さよにとって、若葉は大事な赤ちゃん、俺のことは視野にない」と。

いや、小夜は私を見ていた。

一人で子育てする方が楽じゃないかと考えたこともあった。離婚を空想したこともあった。違う相手であればどんな子育てをしたか、思い描いたこともあった。

あんな自分がいた。唇を噛みしめる。

少し飛ばして、新しい年度に目をやる。
若葉は一歳になった。

――六月七日　去年のこの日がお宮参りだったことに、この日記で気づく。一年経つのは早い。いや、色々あったので、ようやく一年経った、がいいかな。わかちゃんは歩くのが大好き。ご機嫌。にこにこ。楽しいよね。そういえば、あさはこのところ、肩の力を抜いて、家のことをしている気がする。ピリピリしていない、かな。私と目が合うことが少し増えた、かな――。

ん、「目が合うことが増えた」とは?
私は、小夜の目を見なかったのだろうか。どこを見ていたのだろう。

――九月十五日　わかちゃんと公園までお散歩。ワンワン、ブーブーなどいっぱいおしゃべり。まだ暑さが厳しい。頭痛の原因が、寝不足なのか暑さなのか、わからない。今日もあさは、大学、蓮人さんの家、病院、と駆け巡った、とさ。自転車で汗だくになった、とさ。弱音を吐かないのは偉いかも。でも、また質問に質問で聞き返した。前より減った気がするので、進歩あり、とするか――。

小夜と私は、ここまで歩いてきた。反省することもある。悔やむこともある。でも、なんだかんだで、歩いてきた。

小夜は、やはり私にとって最善の人なのかもしれない。……最善って、なんだろう？

ふと「この人が、かけがえのない人だ」と思える瞬間があれば、それが最善の人である証し？

――今はそれでいい。

私はもがいて、ここまで来た。小夜も自分なりに、ここまで来た。違う道を歩いた時期もあった。距離をとって歩いたこともあった。

だが、今はまた、一緒に歩いている。そう思っていいんじゃないか。

もちろん歩みは終わっていない。この先も続く。

これからも諦めず、歩み続けたい。

顔を上げ、窓の外を眺めようとした。にじむ視界に、若葉がいた。若葉はベランダの方を指して、

「はな、ある。はな、ある」

と言う。

私は彼女の近くに行って、顔の高さに合わせてしゃがむ。

窓から外を見ると、鉢に植えられた赤いペチュニアの花が、ゆらゆらと揺れている。

「そうだね、花、あるね。あかい、はな」

「あかい。はな」

「うん。赤い、ペチュニア」

「あかい。ぺちゅ、にゃ」

何が夫婦を悪くし、良くするのだろう。いつの、どの選択が、どんな岐路を招くのだろう。これからの研究の問いとして、悪くない。夫婦にとっての、人生の選択と岐路。夫であり、父でもあり、職場での顔を持つ。そのときどきの選択と岐路。うまくいくために必要なことは、なんだろう。何をすればいいのだろう。そもそも、うまくいくとは、なんだろう。どれも重要な問いだ。

――今は、目の前を見て、ただ日々こなすだけだ。

了

著者プロフィール

万延 言美（まんえん ことみ）

趣味は、「名作」と評される小説を読むこと。世界中に気になる作品が多数あり、次はどれにしようかと悩む日々を送っている。
手に取ってくださった方が途中で飽きず、かつ読後に「人生の中でこれに出会えてよかった」と感じられる、そんな作品をつくり続けたい。

イラスト協力会社／株式会社ラポール イラスト事業部

赤いペチュニア

2024年4月15日　初版第1刷発行

著　者　万延 言美
発行者　瓜谷 綱延
発行所　株式会社文芸社
〒160-0022 東京都新宿区新宿1－10－1
電話 03-5369-3060（代表）
03-5369-2299（販売）

印刷所　株式会社平河工業社

ISBN978-4-286-25278-0